約會大作戰
DATE A BULLET

赤黑新章

03

東出祐一郎
原案·監修：橘 公司

Kadokawa Fantastic Novels

彩頁／內文插畫　NOCO

善解人意／殺人不眨眼
寬以待人／冷酷無情
純白的凶者／狂恣的救世主
反轉者／逆轉者
失勢者／篡奪者
邪惡／純粹
白／惡

——赤黑之鐘墜落。
——願其完好無缺。

約會大作戰 DATE A BULLET
赤黑新章 3

DATE A LIVE FRAGMENT 3

SpiritNo.3
AstralDress-NightmareType Weapon-ClockType[Zafkiel]

開始。爆發的槍彈，斬鋼的聲響，旋轉的身軀，鎖定目標，射擊、射擊、射擊，連續發射，擋開，擋開，粉碎，一口氣逼近，刀光一閃，躲開，以長槍迎擊閃耀之刃，刀路千變萬化，令人眼花撩亂，第三次閃躲不及，劇烈疼痛，溢出鮮血，舉起短槍，以短槍處置傷口，槍枝運用自如，以手、以劍、以長槍，射出、躲避、回避、閃避、抵擋，子彈的結界，遭到破壞的「夢之搖籃(Cradle)」，被跳彈擊中而墜落的摩天輪車廂，勢均力敵，偏離後頸、臉頰、太陽穴等要害的子彈掠過，射擊、被射擊，如此反復，彼此的血液，上揚的嘴角，十二分之一的選擇，被刀刃擋下，回避，在鬼門關前徘徊，對自己使用【一之彈(Aleph)】，加速，遠離，拉開距離，以長槍瞄準，射擊，再裝填，射擊，面露笑容，一方使出【水瓶之彈】，一方朝大地發射子彈，女王佇立不動，等待傷口修復，置之不理，製造看破敵方能力及治癒的場所，再次鎖定目標，使出【巨蟹之劍】，刀刃切斷空間，踏出一步，漠視切斷的空間，本應遠離的對手逼近眼前，殺意、危機感，跳躍，拉開距離，對方窮追不捨，自己速度略遜一籌，同時刺出劍，哀號，背後傳來吶喊，痛苦萬分，怒目而視，回以嘲弄的笑容，發射【四之彈(Dalet)】，被擋開，連續進攻的刀刃，痛苦，從喉頭湧出的鮮血，白與紅的靈裝，不承認敗北，意識斷斷續續，回頭，淚眼注視的少女(緋衣響)，吶喊快逃，意識中斷，即使如此，依然抵抗到底，射擊、命中，穿過肩頭，心情有些舒暢，面露笑容，嘲笑，心滿意足地笑，意識，完全，斷、線。結束。

○序曲

清醒後，映入眼簾的是我自己。

一頭烏黑亮麗的秀髮、珍珠般晶瑩剔透的肌膚，以及「襤褸」的赤黑靈裝，那無疑是〈神威靈裝・三番（Elohim）〉。

以及琥珀色的鐘錶眼瞳。

「——請『我』無論如何都要想辦法逃走，趁這座城堡的主人白女王尚未察覺之前。並且務必拯救這個鄰界和『那個人』。」

「怎麼回事……這究竟是……怎麼回事……」

狂三反射性地想要持槍，卻發現無法辦到。眼前的少女哀怨地搖了搖頭。

「我們無法使用〈刻刻帝（Zafkiel）〉，被奪走了。」

「……被奪走……這樣啊……我……」

吃敗仗了。完全、徹底、無可奈何地，戰敗。儘管在最後的最後報了一箭之仇，但對方的傷勢恐怕早已治療完畢了吧。反觀自己，全身仍隱隱作痛。腹部之所以特別疼痛，大概是因為挨了

一劍。

滿頭疑問，也不知該從何問起。唯一明白的，是自己敗北這個不爭的事實。

「我能回答妳的疑問。不過，『我』，請妳做好逃跑的準備，否則『會像撲克牌士兵一樣』被砍頭的。」

少女的眼神看來並無虛假或戲謔。狂三決定先詢問最關鍵的問題。

「這裡究竟是哪裡？」

「這裡是第三領域（Binah）。沒錯，是與第二領域（Chhokmah）同為最接近第一領域（Kether）的領域，也是影子與時間錯亂失常的恐怖童話領域。」

○第三領域狂王

——鄰界中的最高權力者為支配者。

但選拔的方法各個領域皆有不同。有像第二領域一樣遵循傳統，只拔擢符合條件之人成為支配者。

有像第十領域（Malchut）一樣單以力量為準，勝者為王；也有領域是由上一任來指定繼承者；更有像第九領域（Yesod）一樣，以人氣投票這種特殊的方式來決定。無論如何，支配者之間基本上井水不犯河水。

沒有人希望擴張領土，統治各自的領域就已費盡心神，就算統一也不會有任何改變。除了第十領域曾有一段時期只因渴望戰鬥而積極擴張領土，不過自從「操偶師」擔任支配者以後，便完全停止擴張領域。

最麻煩的支配者安分下來，還安心不了多久，這下又換過去根本不放在眼裡的第三領域支配者——開始興風作浪。

而且手段並非像第十領域那像訴諸單純的暴力，而是耍弄陰謀詭計。那是支配者以往想都沒想過，或是想來「可笑」而不視為問題的伎倆。

但是，白女王卻堅持實行了。

操縱空無，把她們當作棋子來利用——侵入其他領域，擴大領土。

在鄰界，這已經等同於恐攻了。

於是，各個領域的支配者不是心不甘情不願，就是興高采烈地前往鄰界的中央領域——第六領域（Tiphareth）。除了第十領域外，第六領域能一步抵達其他各個領域，因此自認為和事佬。

第二領域、第四領域（Chesed）、第五領域（Geburah）、第六領域、第七領域（Netsah）、第八領域（Hod）、第九領域。

七個領域的八名支配者，如今齊聚一堂。

「雪城，能麻煩妳幫我點名嗎？」

第六領域的支配者宮藤央珂說完，第二領域的支配者雪城真夜便點頭答應。她一手抱著皮製封面的厚重書本，招牌標記的眼鏡一閃並站起身。

「那麼，開始點名。第一領域當然不參加，沒有聯絡，也無法確認是死是活。第二領域……我雪城真夜出席了。第三領域……也不參加。第四領域……阿莉安德妮・佛克斯羅特，出席。」

「這算是出席啊。」

趴在桌上被點到名的她，螺旋狀的頭髮像手腳一樣舞動。眼皮闔上，嘴巴發出「呼嚕呼嚕」

的鼾聲。央珂傻眼地嘆了一口氣。

「第五領域……篝卦葉羅嘉。」

「到。」

眼神凶暴如虎的少女回答。若將她的眼神比喻為虎，那麼她散發出來的氣息就有如火藥。雖然身穿前襟大開的巫女服，卻完全隱藏不了她的狠勁。

危險的氣氛令雪城真夜害怕得倒抽一口氣。阿莉安德妮這名少女倒是睡得不醒人事。

「哎呀，妳那總是形影不離的徒弟呢？」

面對央珂的疑問，葉羅嘉面露苦澀。

「蒼啊，好像被打得落花流水的樣子呢。是吧，第九領域的？」

「沒錯～～真的費了好大的勁才把她救了回來呢！」

第九領域支配者……輝俐璃音夢挺起胸膛。絆王院瑞葉將椅子緊靠著璃音夢，坐在她旁邊。

「呃，救人的不是妳，而是絆王院的妹妹吧……話說，為什麼妳們那邊是兩個人出席啊？」

「啊，是我拜託璃音夢的。我過去沒有參與過什麼領域之間的會談，搞不太清楚狀況……」

「是喔？」

葉羅嘉饒富興味地望著兩人。說得更正確一點，是目不轉睛地盯著瑞葉紅著臉緊抓著璃音夢的衣角。

「真不錯呢，嗯。看可愛的女孩慌了手腳的樣子，真是賞心悅目啊！」

葉羅嘉一臉滿足地高聲喊道。璃音夢聞言，歪了歪頭。

「嗯？什麼事？」

「哎呀，這傢伙竟然不知道啊！」

「咦？什麼～～？欸～～到底是怎樣啊～～？」

真夜清了清喉嚨。

「呃～～我可以繼續嗎？第六領域，宮藤央珂。當然出席了。」

宮藤央珂這個美麗的少女就像是優雅的化身。一頭淡紫色的秀髮，白色襯衫搭配百褶裙，更突顯出她清純可人的氣質。她優雅地拿起紅茶杯，優雅地坐著，優雅地品茶的模樣，簡直像個大家閨秀。雖然闔著眼（大概是故意的），卻毫無滯礙地面向所有支配者。

「各位，請多指教了。」

「第七領域，佐賀繰由梨。」

一名身穿白色連身裙的少女露出向日葵般燦爛的笑容，揮了揮手。澄澈的眼瞳如珍珠般美麗

……不過，由於太過美麗，也給人一種目中無人的印象。

「到～～呵呵呵呵，呵呵呵呵呵。華羽小姐，我的小唯還好嗎？有認真工作嗎？」

「嗯，她好得很。」

「是嗎?太好了~~『她最近死了』,我又做了一個新的。當然這次的小唯也是『歷年來最完美的成品』。不過,還是得問問顧客的感想才能安心。」

「啊哈哈哈哈,品質非常優秀,我很仰仗她。」

完美撐起高雅服裝的絆王院華羽以扇子遮掩嘴角,敷衍地笑道。瑞葉拉了拉璃音夢的衣服,悄聲耳語:

「那個……她們剛才的對話是什麼意思啊?」

「咦?妳不知道嗎?」

「我只知道佐賀繰唯是佐賀繰由梨的妹妹……」

璃音夢聞言,搖頭否認。

「才不是呢。妹妹是佐賀繰由梨『製造出來』的。嗯~~算是人偶嗎?就像是另一個自己?基本上三具是極限了。這三具小唯形成一張網絡,逐漸成長。算是人工智慧吧?我也搞不太清楚。總之,用一句話簡單來說的話,就是由梨是個危險至極的女人,千萬不要靠近她!」

所有人啞然望向璃音夢。由梨看著璃音夢的眼神依然透明,嘴角卻向上勾勒出一抹微笑。

「那個……由梨小姐不會生氣嗎?還是向她道個歉比較好吧?」

瑞葉畏畏縮縮地問道。

「我沒有生氣。」「她沒在生氣啦!」

由梨與璃音夢同時回答。看起來確實沒有在生氣。早就已經氣過頭，開始轉為殺氣。然而，璃音夢還是若無其事地發出「啊哈哈～～」的笑聲。

「……話說，妳不是唱不了歌，退位了嗎？現在的支配者應該是我妹妹吧？」

華羽對瑞葉投以疑問的眼光問道。

「啊，那是因為——」

「我又復活了！噗哈哈哈！很吃驚吧，我自己也很驚訝！要不然我現場高歌一曲吧？好，就唱給妳們聽！」

璃音夢站起來，高聲如此宣言——其他支配者各個瞪大雙眼。

所有人都知道璃音夢無法唱歌，也清楚造成這個結果的理由是因為她觸碰了鄰界編排(Compile)時冒出的「那個物體」。

「……妳重新振作起來了嗎？」

面對央珂的提問，璃音夢點頭回答：

「沒錯！我本人超越了過去、現在、未來的自己，蛻變成了超級璃音夢！」

璃音夢「哼哼」兩聲，不可一世地如此宣言。

「好在愚蠢沒藥醫……」

葉羅嘉鬆了一口氣地呢喃，所有人紛紛點頭表示認同。璃音夢氣得就要不分青紅皂白地叫罵

回去，瑞葉將她的衣袖抓得更緊，連忙阻止她。

「我看看，第八領域跟第九領域也出席了……確認完畢，宮藤央珂。可以開領域會議了。」

唯一我行我素的真夜在點名簿上畫圈做記號。

「好，那麼──開始聊吧，開始討論吧。為了鄰界更美好的未來與明天。我們別用無銘天使，來脣槍舌戰吧。」

在央珂的宣言下，八名最高權力者開始進行左右鄰界未來的會談──也就是領域會議。

◇

「正如各位所知，四十八小時之前，白女王出現在第九領域，隨後與自稱精靈的時崎狂三(KURUMI)交戰。時崎狂三敗北，白女王利用疑似傳送門的工具與部下一起消失了。」

「我的部下，還有由梨小姐的妹妹小唯小姐把過程拍了下來。要看嗎？」

「要、要、要！」

璃音夢立刻回答。葉羅嘉也探出身子頷首。

「精靈與支配者之戰啊，當然得看啦。」

「我也非常好奇，精靈跟我們支配者有何不同。真的很強嗎？還是說──只是浪得虛名？」

「如果真是這樣，還真令人失望呢〜〜」

「不，是名副其實喔。」

璃音夢說完，所有人都望向她。

「璃音夢小姐，憑妳的實力應該無法推斷精靈的力量吧？」

「我是很弱沒錯啦，但起碼還看得出一個人強不強。我跟妳們碰面好幾次了，也見識過妳們的能力，看過那邊那個詭異妖怪——力大無窮的巫女徒手破壞建築物的場面。可是，胡桃(KURUMI)的力量啊，『看了也看不出個所以然』。對方莫名其妙就被打飛或是翹辮子了！」

「瑞葉，妳怎麼說？也告訴我妳的想法吧。」

華羽望向瑞葉，眼神冷若冰霜，不像是面對妹妹該有的神情。

「……那個……我……我也……這麼認為。時崎狂三的……力量……非比尋常。」

姑且不論璃音夢，至少瑞葉說的話還是有一定的可信度。

「——那我們就來播放影片，確認她們所說的是真是假吧。先從前哨戰開始觀看。」

於是放映出從佐賀繰唯的視角所捕捉到的時崎狂三與手持無銘天使〈紅戮將(Vermillion)〉的白女王幹部ROOK交戰的畫面。

「啊，有拍到我一下下！嗯，即使是配角，我也依然十分耀眼呢！真迷人！」

「就、就是說呀。璃音夢非常閃耀動人呢……」

「輝俐璃音夢，妳很聒噪耶。還有，瑞葉小姐，不要吹捧她。」

「不好意思……」

在ROOK脫逃的瞬間，影像暫時中斷。後來播放時，場景已經移動到第九領域的邊緣「夢之搖籃」。

「……這裡的戰鬥呢？沒有拍到嗎？」

「來不及追上去。似乎是跟在蒼她們的後方追蹤的樣子。」

「真是可惜。」

「不過，真正精彩的一戰可沒有遺漏掉。妳們看——」

她——白女王終於出現在影像中。

「她就是……白女王……」

幾名同為支配者卻尚未目睹她容貌的人低吟般呼喚她的名字。

「——這兩人真厲害呢。」

真夜呢喃道。所有人紛紛表示贊同。無論是非戰鬥型的支配者，還是人生以戰鬥為主軸的支配者，都明白時崎狂三與白女王的力量有多麼強大。

每次發射子彈便顛覆因果的老式手槍。

每次揮舞刀刃便推翻邏輯的軍刀。

可想而知，她們的速度、破壞力、判斷力全都與支配者互相匹敵——或是凌駕其上。不過，葉羅嘉看穿了她們的本領並不在上述的那些條件上。

「……真是棘手啊……」

「篝卦葉羅嘉，妳打得過這兩人嗎？」

面對央珂的提問，葉羅嘉聳了聳肩。

「要交手過才知道——我是很想這麼說啦。」

「哎呀，妳這不是等同於認輸嗎？」

聽見央珂尖銳的提問，葉羅嘉苦笑道：

「蒼啊，很強喔，無疑是我所有徒弟中的翹楚。連她豁出性命都打不過時崎狂三。」

蒼有身陷陰謀卻能反敗為勝的強韌；有毀壞正當計謀的破壞力。不過——若是一再發射顛覆因果的子彈，又一直出奇不意地要花招攻擊，她也只能投降了吧。

那兩人並非單純實力強大、能力高強。

該怎麼說呢，是擁有主宰這世界法則的荒誕不經。那是支配者也無法做到的事情。

「我……『應該』會輸吧。」

央珂嘆了一口氣，動了動一根手指，紅茶便重新注滿。

「……不過，妳這麼乾脆地認輸有點傷腦筋呢。畢竟我們彼此都保留有兩三招殺手鐗吧——

妳有把這件事算進去嗎？」

「沒有。我是指正面對決，感覺打不過她們。還有，我的殺手鐧沒那麼多，就只有一招。」

「我想也是。」

打破殺戮氣氛的，想當然耳，就是輝俐璃音夢了。

「瑞葉，妳還好嗎？還受得了嗎？放心吧，那兩個人只是心眼壞而已！事情都到這個地步了，還不掀開自己的底牌！鄰界都陷入危機了！話說，我覺得可以考慮救出胡桃，讓她加入我們的陣營！」

瑞葉壓力大得胃都痙攣了，同時再次體認到自己果然無法勝任支配者一職。總之，這個壓力大到就要壓垮她。

「救出時崎狂三？我反對。不可能。」

央珂一口斷言。

「咦！可是胡桃是精靈耶，精靈！不像我們是『準』精靈，很厲害的！」

「……所以我才反對。」

真夜說完後，璃音夢歪頭表示：「怎麼說？」

「我們落入或是造訪這個鄰界，已經漫長到『世代交替』的地步了。精靈存在的時期早已成為了傳說……只聽說精靈曾經所向無敵而已。」

精靈是災害，是天神。

只留下這樣的傳說給活在現下的準精靈。這時，突然出現一名精靈——與宛如照鏡子般容貌一模一樣的支配者。

「我們不能、不願也不應將天神、災害拉攏到自己的陣營。我想在座的各位都抱持著同樣的意見。」

「是嗎？除了我之外，應該也有人希望拉攏她吧！」

璃音夢有時會一針見血地挖掘出真相。幾名原本擺出一張撲克臉的人稍微扭動了一下身軀。

「……管理第六領域的宮藤央珂我反對。」

「我們第二領域也反對。」

「嗯～～這個嘛……第五領域也不贊成。」

璃音夢一臉不滿地望向其他支配者，無奈每個人都噤口不語，代表沒有反駁三人的明確意見或是不想與之對立、坦露真心。

央珂一副結論已定的樣子舉起手宣言：

「那麼，關於時崎狂三，就依然將她視為敵對勢力之一。接下來討論戰勝她的白女王——」

「『嗨，妳們對我有什麼意見呀』？」

宮藤央珂舉到半空的手停了下來；篝卦葉羅嘉與佐賀繰由梨聽到呼吸聲的瞬間立刻站起來，進入備戰狀態；雪城真夜半張著嘴，僵在原地；阿莉安德妮・佛克斯羅特撐開惺忪的睡眼；絆王院華羽反射性地退後；而絆王院瑞葉與輝俐璃音夢則是與雪城真夜一樣，表情愕然地凝視著「穿過天花板而來」的「她」。

「與其觀看那種影片，不如親眼目睹本人比較好吧，占領鄰界過著有如扮家家酒的生活浪費時間的諸位準精靈？」

白色少女。

髮、帽、衣、裙，全都白得美麗。

單邊眼球是天文鐘，雙手拿著軍刀與宛如精密機械的短槍。明明外表不怎麼凶狠，笑容卻令人不寒而慄。

人稱白女王的少女現身，光明正大地站在圓桌上。

「幾乎都是初次見面的人呢。硬要說的話，只有篝卦葉羅嘉可說是好久不見吧？」

「……我有見過妳嗎？」

「有啊，見過一次。在妳把妳的戰友們全都殺掉的時候。」

「……！」

葉羅嘉湧起一股殺氣——又立刻壓抑住。

「哎呀。」

「胡說八道，那不過是物競天擇，在第十領域的廝殺中對上同伴罷了。」

「哈哈，沒錯。我亂說的。知道妳的過去，就忍不住調侃了妳一下。」

說是調侃一下，倒是充滿了強烈的惡意——璃音夢如此心想。

既然知道葉羅嘉的過去，應該十分清楚那是一群葉羅嘉以前的準精靈朋友為了爭奪第十領域的支配權而互相殘殺。

「……白女王連別人的過去都要偷看嗎？這興趣可真是低俗。」

臭著一張臉的葉羅嘉已心情平靜，短短一瞬間差點冒出的殺氣已經消失無蹤。

「準，或是該稱為亞種嗎？妳們真的很煩。像妳們這種程度還擁有自我意識，建構社會，簡直令人傻眼。」

面對白女王的挑釁，支配者們只是怒目而視。所有人早已站好，準備呼喚自己的無銘天使。

就連璃音夢和瑞葉也已不再驚愕，與其他支配者四目相交好對抗白女王。

「哎呀，妳就是成為第三領域支配者的時崎狂三吧。」

白女王回過頭，央珂正拿槍指著她。

「『放肆』，別用她的名字稱呼我。」

「那麼，要稱呼妳為女王，還是東施效顰的女王呢？」

「有意思。妳可真是會逞口舌之快啊。」

「是呀，常聽別人這麼稱讚我。那麼，女王殿下，妳不請自來，究竟有何貴幹？」

「這還用說嗎？我已經沒必要在背地裡偷偷摸摸策劃陰謀了，所以就堂堂正正地過來向妳們宣戰。」

「哎呀，那還真是禮數周到啊。宣戰完後，想快點踏上黃泉路嗎？」

「妳以為殺得了我嗎？笑話。」

「妳以為殺不了妳嗎？笑話。」

彼此狂妄一笑。

殺意蔓延整個房間，如同在火藥庫揮舞點了火的火把一樣危險。就在這時——

「呃，我可以插個嘴嗎？女王～～！」

「……嗯，有什麼事嗎？妳是哪位？」

白女王聽到呼喚，明白出聲發言的是輝俐璃音夢後，似乎突然失去了幹勁。

「輝俐璃音夢！妳好歹記一下我的名字吧！」

白女王嘻嘻嗤笑。

「有必要記住第九領域的支配者是誰嗎？」

「……先不管這個！胡桃怎麼了？胡桃！」

「喔喔，那個『被我打敗』的女人啊。她有她該做的事，有她必須去盡的義務。所以不必擔心，她還活著。」

「這樣啊～～太好了～～！」

璃音夢輕易便相信她說的話，鬆了一大口氣，然後像是該問的已經問完了似的一屁股坐下。

除了白女王，所有人都對她這種天不怕地不怕的態度感到啞然無言。

「妳……相信她說的？」

真夜戰戰兢兢地問道。

「？相信啊。說已經把人『殺了』不是更可怕嗎？可是她卻脫口說出沒把人殺了，就代表不小心說出了事實。啊～～不對，應該是怕謊言被看穿會沒面子吧～～？」

「……妳能看穿別人在說謊？」

白女王這才第一次對璃音夢產生了興趣。

「還算擅長吧～～」

「咦，妳不是被桃園欺騙了嗎？」

瑞葉提出質疑後，璃音夢便挺起胸膛回答：

「她很明顯想騙我，但其中確實摻雜了一些真話，所以我就碰碰運氣，當作被她騙了！」

「哦，原來是這樣啊。那麼，妳能判斷我接下來說的話是真是假嗎？」

所有人的背脊全都一陣發涼。

於是，白女王嚴肅地輕聲宣言了。就算不是璃音夢，也能清清楚楚地明白……這無庸置疑是真話。

「我打算殺了妳們所有人。為了我的安寧，將妳們趕盡殺絕。我絕不放過妳們任何一個，也不允許有人投降。徹頭徹尾地為我奉上性命吧。」

——空間劃過一道裂痕。

葉羅嘉立刻拔刀衝上前；央珂毫不猶豫地扔掉裝著紅茶的茶杯；阿莉安德妮嘴裡喃喃有詞，干涉房間；由梨彈了一個響指；真夜輕輕打開書本；絆王院華羽默默地退後一步；輝俐璃音夢和瑞葉則是同時蹲下，避免妨礙他人戰鬥。

無論攻不攻擊，支配者們各自以最快的速度做出反應。

不過，白女王以凌駕所有知名準精靈行動的速度，發動她的能力。

「〈狂狂帝(Lucifugus)〉——【處女之劍】。」

令所有攻擊「失去效力」。她的身體宛如幻影變得朦朧，不久後嘻嘻嗤笑著化為塵埃。

「是……幻影嗎……？」

「不對。如果是幻影，我會發現！我好歹還分得出來！」

真夜也點頭同意葉羅嘉說的話。

「……她現身的瞬間，這個房間的整體重量確實多了她的體重。不過，現在卻消失了。」

「這是怎麼回事？『她剛才確實來過這個房間吧』，然後現在消失了？她還在這裡嗎？」

由梨說完，所有人面面相覷。

「不，不在了。整體重量已經恢復原狀……她瞬間現身，又瞬間化為幻影。雖然不清楚她化為幻影的理由，但她之所以能現身……」

真夜輕盈地跳上桌，望著天花板的水晶吊燈打開書。

「『開放（Open Sesame）』。」

隨後便出現一扇透過水晶吊燈，坐鎮其中的奇妙半透明之門。宛如數位全像投影，如幻似真。所有人立刻理解了一件事。

那就是她是透過這扇門來到這裡——然後又回去了。

「央珂小姐～～？這是什麼？」

「我、我也不清楚……真夜，妳知道嗎？」

「我不知道。不過……葉羅嘉。」

「了解。」

她拔刀立刻斬斷。水晶吊燈被斬斷的同時，那扇門也扭曲消失。

「這樣就暫時無虞了。」

「……究竟是在何時設置這樣一扇門的……」

聽見央珂的低喃，真夜朝她投以銳利的目光。

「這裡是空無們親手打掃的嗎？」

「對。比起將靈力用在打掃這種小事上——」

這時，央珂的臉色突然變得鐵青，一副不可置信的樣子開口：

「是空無設置了這扇門……？」

「很有可能。我們認為空無是不成才的準精靈，任意使喚她們做雜事或任何事……不過，看來必須改變想法了。滲透到我們日常生活中的她們，對白女王而言是一支軍隊。」

而且，搞不好——真夜以誰都聽不見的細小聲音喃喃說道。

「除了空無之外，她還有其他同夥」。

◇

「白女王……」

狂三驚愕地呢喃這個名字。

「沒錯。她是個怪物，自稱我們的名字，身穿與我們相反的靈裝。她就是這個第三領域的支配者。」

「與其說自稱我們的名字，不如說是我們本人吧？……不對，討論這件事之前，有一件更重要的事。」

狂三凝視著另一名狂三說道：

「妳到底是什麼人？為什麼聲音、長相都跟我一樣，衣服破破爛爛的待在這裡呢？」

另一名狂三聞言，表情凝固注視狂三。由於這個疑問太過出乎意料，她因此僵在原地。

從狂三的角度來看，「跟自己一模一樣」的她存在比白女王更加駭人。只要把白女王當作冒牌貨，倒還解釋得過去，但眼前的少女模樣令狂三無法接受。

另一名狂三凝視狂三片刻後，一臉尷尬地輕聲嘆息道：

「我是……時崎狂三的分身。」

「分身……」

「是刻刻帝的能力【八之彈(Het)】。截取『我』的過去，製造分身的力量……『我』忘了嗎？在另一邊的世界，我們和『我』曾利用這個能力一起戰勝無數的敵人。」

——聽見這句話，狂三的腦袋嘎吱作響。

分身，聚集在時崎狂三影子裡的無數個「自己」，最強的士兵。由於是從她的過去的時間中截取出一瞬間，事實上只要儲存夠時間，便能無限增加手下。完全符合〈夢魘(Nightmare)〉這個稱號，邪惡、狂妄至極的能力。

——為什麼自己會忘記這麼重要的能力？

腦袋劇烈疼痛。不能記起，有些事「正因為重要才必須繼續遺忘」。

「……我失憶了。恐怕是掉落這個鄰界時發生了什麼意外……」

「什麼都不記得了嗎？」

「——那倒沒有，我只記得一件重要的事。」

要不要說出口呢？少女疑惑地凝視著猶豫的狂三。

「我……渴望那個人，迷戀那個人……」

狂三的臉頰瞬間染上一抹嫣紅。明明身處於這種狀況，甚至忘記了一切。另一名狂三微微一笑。

「那麼，就更加必須逃脫這裡才行了呢。」

「那是當然……不過，妳先把事情的來龍去脈……不對，把妳知道的一切都告訴我吧。我覺得我們有必要這麼做。」

另一名狂三點頭答應。

「聽好了，『我』。那個白女王是怪物，她真的打算毀滅這個鄰界。另外……這終究是我的推測就是了……」

少女深呼吸，告知絕望的真相：

「她是『時崎狂三的反轉體』。是與我們水火不容的存在。」

反轉體。狂三還隱約記得那種現象，但模糊不清，無法成形。

「我也不太清楚。不過，正如字面上反轉的意思——她是個屬性、性格、精神、性質、能力包含在內的所有要素都相反的生命體，會帶來終極破壞的毀滅性存在。」

「毀滅性……她的確腦袋壞了吧，感覺不像在和人對話，比較像是她單方面在自說自話。」

「白女王還算溫和的了。我聽說反轉體是一種自動散發破壞力的概念，『會策劃什麼陰謀反倒才奇怪』。」

「策劃……對了，妳說毀滅鄰界是怎麼回事？」

「這個嘛……我也不太清楚。不過，奪走我力量的時候，她這麼呢喃：『還遠不足以毀滅鄰界』。」

「奪走……力量……？」

「沒錯。老實說，現在的我戰鬥力等於零。她搶走我的武器，拷問我，奪走我的時間和靈力，就連靈裝也正如妳所見，變成這副德性。」

另一名狂三的模樣的確很淒慘。外表還勉強看得過去，但狂三心裡明白她體內肯定是傷痕累累。

拿人類來比喻的話，她的狀態就相當於除了心臟以外的內臟全被扯了出來。

「……我的〈刻刻帝〉也被奪走了。」

「〈刻刻帝〉被……」

天使和精靈本來是密不可分的。像緋衣響的〈王位篡奪(King Killing)〉那樣把「時崎狂三整個存在」都奪走的例子倒是另當別論，但只奪取〈刻刻帝〉是不可能的。

不過，看來只有反轉體白女王例外。

「我再活下去也沒意義。力量被奪走只有死路一條，但殺了又可惜，就像一塊肥肉一樣。」

「……我遲早也會落入這種境地嗎？」

「既然白女王說了力量還不夠……妳肯定也會加入我的行列吧。起碼在今天之內。」

嘆息。

事態比想像中還要嚴重，再加上所剩的時間不多。

「逃是一定要逃的，但逃出去之後才是問題。我無論如何都想前往第一領域——」

「那是不可能的。」

少女立刻打斷狂三的話。

「妳、妳說不可能，是什麼意思！」

「……我剛才說過白女王打算摧毀鄰界吧。她目前正徹底活用靈力和時間，想要製造一扇通往第一領域的門。就連那個白女王都無法到達了。」

「……製造……一扇……門……？」

狂三聞言，歪頭表示不解。

「從第十領域通往第九領域，只是門關起來而已，但第一領域甚至不存在人稱【通天路】的通道，完全與其他領域隔絕，沒有人到達過那裡。」

「沒有人……？第一領域不是能通往現實……另一個世界嗎……？」

狂三發出高八度變調的聲音。如此一來，她便失去了旅行的目的。

「沒錯，傳聞第一領域確實能通往另一個世界。但是，根本沒有人到達過那個領域，所以才會謠傳這個可能性。況且在第二以後的領域，也沒有一個準精靈返回另一個世界。」

「……如果我前往第一領域……也沒辦法回到那邊嗎……？」

少女將頭偏向一邊。

「這我就不清楚了……『我』就那麼想回去嗎？——回到另一個世界。」

「沒錯。為了見那個人，我就算赴湯蹈火也在所不惜。」

——遙遠、悠久的記憶。

顫抖著不斷祈禱，堅信總有一天能再次相會的歲月。

即使是傳言，仍想確認真偽。假如傳聞是假，就再找尋其他手段。

「為了前往第一領域，就算毀滅整個鄰界也無所謂？」

「這——」

面對另一名狂三的提問，狂三實在無法回答，只好移開視線。少女輕聲嗤笑，像是看見什麼溫馨的畫面一樣。

「抱歉，這問題有點壞心眼呢……說的也是。『我』……不對，妳……為了見那個人……」

「妳知道他？」

「那是當然。因為我就是『我』啊。」

「那麼，關於那個人——」

狂三本想詢問另一名狂三是否知道他的什麼消息，卻遭她舉手制止。

「這件事，之後再討論吧。現在還是將精神集中在如何打破現狀比較重要。」

「唔。妳說的是沒錯啦……」

「逃離這裡之後，我再把我知道的事情告訴妳。」

「一言為定喔！」

興奮得將身體探向前方的狂三，想當然耳被身上的鎖鏈給拉了回去。

「一言為定。所以先想辦法逃脫吧……畢竟能與白女王抗衡的，也只有『我（妳）』了。」

「連支配者等級的準精靈也敵不過她嗎？」

「……如果有兩人以上，或許還有辦法對抗她……但妳也知道，白女王身旁總是有三名幹部隨侍在候。」

聽完這句話，她回想起一名少女。

在第九領域與她廝殺的難纏高手，手持巨鐮的空無。

「其中一名是ROOK吧……」

「沒錯。其他還有BISHOP跟KNIGHT。看來包括她自己在內，她似乎把自己的陣營當作西洋棋了呢。」

原來如此。狂三點頭表示認同。ROOK在西洋棋中是代表戰車的棋子，而BISHOP是主教，KNIGHT則是騎士。

「所以PAWN是──」

「PAWN是空無吧。白女王似乎擁有支配她們的能力。」

「那股力量對原本是空無的準精靈也有效嗎？」

「這我就不知道了。」

「……這樣啊。」

狂三咬牙切齒道：「真是失策。」有一名空無——緋衣響獨自留在「夢之搖籃」。這樣不是會被白女王納入麾下嗎？

不，在那種狀況下，她應該沒有餘力理會響。ROOK被蒼壓制住，其他幹部也不在。

雖然捕捉了敗北的狂三，但當時的情況不容大意。

照理說沒有閒情逸致去理會響才對——

「打擾了。」

傳來耳熟的聲音，狂三背脊一陣戰慄。沉重的鐵門開啟，一名少女走了進來。一身簡樸的深藍色連身洋裝，以及純白的圍裙。想必是女僕的職務吧。

問題在於那名女僕的長相和聲音都極為熟悉。

「吃飯了。」

「哎呀哎呀，竟然會送餐點，真是難得啊。第二個我本身的存在那麼重要嗎？」

狂三並沒有將少女的話聽進耳裡，因為她的目光完全被推著餐車的少女吸引。

浮現溫柔笑容的臉龐如鋼鐵般僵硬不變。直挺挺的背脊，充滿虛無的眼神——宛如剛誕生的人偶。

「響……」

「……吃飯了。」

狂三的注意力全部集中在曾是緋衣響的少女那張空洞的臉龐。

「響！」

怎麼呼喚都沒有回應。響歪了歪頭，以空無的眼神望向狂三。

那不是往日的她。

失去靈魂的軀殼，虛無的人格——狂三如此想像，反胃作嘔，感到一陣惡寒。

「怎麼會這樣……」

狂三啞然無言，鐵門響起厚重的聲音闔上——

「……噗哈～～！真是緊張～～！狂三，妳沒事吧～～？」

——響的眼瞳瞬間蘊含著光彩。

「咦？」

宛如人偶的少女轉瞬間化為小動物般靈巧可愛。

「響……？」

狂三發出茫然的聲音，這可是非常罕見的情況。但是響並未察覺，只是滔滔不絕地說：

「沒錯，我就是緋衣響。哎呀，我裝得很辛苦耶！真的、真的！妳被打得落花流水了吧？落花流水（說兩次）！還有蒼也是。蒼好不容易逃之夭夭，妳卻被抓住帶走了。那兩人看都不看我一眼就離開了，但她們穿過的類似空間跳躍區域的東西沒關！我就抱著豁出性命的決心跳進去，就來到這座城堡了！但我不知道該去哪裡找妳，就看到一群像我一樣的空無聚在一起，似乎在做女僕的工作，我就撂倒一人，換上這身靈裝，找啊找的，終於找到妳了！幸好我們都還活著！對吧，狂三？」

狂三一語不發，一把緊抱住響。與其說緊抱，不如說是快把她抱得喘不過氣來了。

「好痛啊啊啊！狂三，妳、妳抱得有點緊。對不起，抱歉，我錯了！」

狂三不理會手腳胡亂掙扎的響，吐出安心的氣息，低喃道：

「——別讓人太擔心好嗎？」

這一聲輕柔得令人忘記擁抱的疼痛，而且充滿感情。

「……對不起，狂三。但跑來救妳這件事，我可不道歉。」

響如此說道，溫柔地回抱狂三。響心想：狂三真是傷痕累累。並非因為戰鬥受了皮外傷，而是因為敗北，被逼入絕境而心靈受傷。

「我們快逃吧，狂三。別擔心，跟當偶像那時一樣。讓我們同心協力吧。」

狂三一頭撞進響的懷裡，輕輕點了點頭。

「哎呀、哎呀、哎呀，真是動人的友情啊，我。」

狂三聽見帶點揶揄的聲音，連忙離開響的懷抱。回頭望去，發現另一名狂三抿嘴微笑，像是在期待什麼似的，目光炯炯地凝視著兩人。

「啊，這位該不會是之前被抓走的狂三吧？」

聽見響說的話，狂三瞪大雙眼。

「妳知道她？」

「是啊。雖然空無基本上都在發呆，但腦袋一樣在思考，也會聊聊八卦。因為抓到第二名狂三，在空無之間討論得可熱烈呢。不過，真的長得好像啊，根本就是狂三本人嘛。嚇死人了。」

「所以，『我』，這位是哪位呢？」

少女說完，狂三嘻嘻笑道：

「她是緋衣響，是指引我們逃離的蜘蛛絲。」

「呵呵呵，交給我吧，狂三！……那個，妳們兩個都是狂三，之後我該怎麼叫妳們啊？」

「叫我狂三，叫她狂三Ⅱ號吧。」

「──等一下。照順序來看，怎麼想也是我排第一吧。『我』才應該叫狂三Ⅱ號不是嗎？」

被稱為狂三Ⅱ號的狂三表情憤慨地挺起胸膛。

「闖進我世界的，無庸置疑是妳。因此就我的認知來說，妳才是狂三Ⅱ號沒錯。」

「照妳這麼說，闖進我世界的是──」

「妳～～們～～很～～囉～～嗦～～耶～～！」

響連忙打斷兩人。

「總之，妳們兩個先逃再說吧。如今的第一要務是離開這裡。」

狂三與狂三Ⅱ號彼此對看，雙雙嘆息。

「『我』，沒辦法。總之我們兩人都稱為『時崎狂三』如何？」

「了解了，『我』。總之，我就在心裡稱呼妳為狂三Ⅱ號吧。」

「……這個『我』個性真差耶。」

狂三Ⅱ號瞇起眼睛如此說道。狂三望著響，邪佞一笑。

「看來是被壞東西傳染了呢。」

「妳說的壞東西是指我嗎？狂三～～！」

響胡亂揮舞著雙手，令狂三感到安心。已經完全融入的日常風景，一如往常的互動，卻莫名令人感到眩目。

◇

「……總之，必須先解開鎖鏈才行。響，妳有什麼辦法可以解開這個鎖鏈嗎？」

狂三揮動鎖鏈，發出金屬聲響。鎖鏈又粗又厚又硬，不把手腕砍斷的話應該拔不出來吧。

「我好歹也持有無銘天使……不過，它沒有堅硬到能夠粉碎這鎖鏈，用途不一樣。」

緋衣響的無銘天使〈王位篡奪〉是搶奪對象的臉龐、能力、性格等，打破常識的武器。但反過來說，它只能用來搶奪。雖然外表是一支巨大鉤爪的形狀，看起來似乎能用來打白刃戰，但事實上連一道水泥牆都破壞不了。

「響，妳可以跑一趟，幫我把〈刻刻帝〉拿回來嗎？」

「妳隨口說的這句話，可真是強人所難啊。我要怎麼拿回來？我連它放在哪裡都不知道，也沒有自信能把那種東西拿到這裡！」

響的這番陳述十分有理。但是，如果沒有〈刻刻帝〉的破壞力就無法解開這條鎖鏈。

「憑我這身裝扮是可以在牢獄外走動，但〈刻刻帝〉這種重要的物品，肯定是有人嚴加看管的……」

「說的也是……」

響的戰鬥能力比普通還不如，別說白女王了，也絕對打不過她的三名幹部。如果是空無還勉強打得過……但那也只限一對一的情況，一對二恐怕勉強能打成平手，一對三的話肯定會打輸吧。響如此分析自己的戰力。

「……妳知道白女王在哪裡嗎？」

面對狂三Ⅱ號的提問，響露出一抹壞笑。

「放心吧，女王好像去其他領域了。這裡的空無是這麼說的，該怎麼說呢……看她們一副放鬆的模樣，肯定沒錯。」

偷偷侵入城堡後，皮膚感受到的是緊張、緊繃的氣息，空無也只敢竊竊私語地交談。但是某個時間過後，那種氣息消失了，空無說話的音量也變大了一些。

一問之下，果然不出所料，白女王回城後立刻又動身外出。當然，她們並不畏懼女王，只是因為太過崇拜，深怕自己出了什麼洋相。

……結果，就像是迷戀偶像的少女一樣。不過，她們除了擁有如此可愛的一面，同時也擁有為了女王不惜犧牲性命的痴狂部分。

「感覺跟我是不一樣的生物。」

「緋衣響小姐，我還有一個問題。是關於剛才妳提到的無銘天使〈王位篡奪〉……」

「什麼問題？」

響歪了歪頭。狂三Ⅱ號問了她一個問題。響聽完，表情僵硬。

「……我想……應該……辨得到……」

「……是嗎？那我有一個妙計。」

「哎呀，我還真是殘酷呢。」

狂三一副樂開懷的樣子說道。

「就是說啊！到底是吃什麼長大的，才能想到這麼沒人性又機靈的主意啊！」

「可是，只有這個方法了吧？」

「是啊！」

響唉聲嘆息。狂三止住笑容，臉上浮現些許不安的神情。

「……老實說，我不希望響踏入太核心的部分。」

響勢必會涉險。

可以的話，最好是由自己去戰鬥，而響跟在身後。不過，狂三如今根本無法戰鬥，因為被鎖鏈困住，動彈不得。只要處於〈刻刻帝〉被奪走的狀態，她能利用的武器就只有自己的體能。

「狂三，事到如今，妳怎麼還說這種話啊！」

響伸出拳頭，狂三有些不知所措，小心翼翼地跟她碰了碰拳頭。

「那麼，請從我的記憶提取出來吧。畢竟那女人的長相比我父母的臉還要熟悉，我想緋衣小姐一定辦得到。」

「用狂三的臉叫我緋衣小姐，感覺有點飄飄然呢。啊，但是請妳繼續這麼稱呼我喔！」

「好的、好的。妳準備好了嗎？」

狂三II號與響面對面，額頭抵額頭，調整呼吸。

「我要逼自己去回想，雖然多少會有點難熬，畢竟我才剛接受完拷問。」

「我要模仿妳的記憶……想必妳會感到十分難受，但不好意思，請妳徹底回憶過去。畢竟這個第三領域的所有人似乎都是她的『瘋狂』粉絲。」

深呼吸。

響的雙眸從正面捕捉浮現嗜虐笑容的白女王的姿態。

模仿、篡奪她的性格、語氣、動作，一切的一切。

「如何？」

「……完美複製。」

狂三II號發出讚嘆。

◇

於是，響走出了監牢。她將滿到喉頭的緊張嚥了下去，慢步行走，擦肩而過的空無以驚愕與敬畏的表情凝視著她。畢竟剛才出了門，又突然回來，也難怪她們會有這種反應。腳步生硬，走路不自然。不過，在連冒冷汗都不允許的情況下，她只能盡量英姿颯爽地繼續前進。

空無們雖然注視著白女王，卻未上前攀談，似乎抱持著誠惶誠恐的態度。

所幸才因此沒露出馬腳。

狂三Ⅱ號遭到拷問，能力被剝奪時，被拖出監牢好幾次。

「我在那時多少掌握了這個領域的構造。這個領域的某處似乎有所謂的『武器庫』，集中擺放無銘天使。位置不知道在哪裡……妳想辦法找出來。」

響深呼吸，一邊回想起狂三Ⅱ號說過的話。

（從地下一樓的監牢開始順著路往前走，打開右側的門，走五百零七步，然後左轉前進三百五十一步。上樓，往左走約一千步，就是我進來的那扇入口大門。必須先抵達那裡才行。）

響一個勁地在廣大的居城裡行走。不經意往旁邊一看，設置在走廊上的窗戶映出響的臉龐。

那張臉並非以赤黑為主體的狂三，而是白女王的長相。

（……反轉體啊。連我也不知道竟然有這種現象……）

響的人生閱歷還算豐富，卻尚未見過變成反轉體的準精靈。會反轉的只有精靈嗎？還是在絕望到反轉之前就已經變成空空如也的空無了呢？

（算了，想也沒用。）

不管怎樣，白女王都是敵人，無論有任何理由——她都是傷害狂三的存在。

「……」

響察覺到視線，連忙調整差點敗露的表情。

三名空無同時望著這裡。期待的表情，閃耀著希望的耀眼光輝……照理說是不可能發生這種狀況的。空無是一心向死，無欲無求的準精靈，因此是純潔的白色。失去了許多色彩，連過去的記憶也不復存在。

這樣的她們會閃耀著希望的光輝，這件事本身就十分古怪。

不過──總之，不能讓別人覺得可疑。好在她說過的話都刻在腦海了，狂三Ⅱ號也記得她在拷問自己時說過的話。

「各位，早啊。」

根據這些資料顯示，白女王的說話語氣沒有一定的規律，有時彬彬有禮，有時突然轉變成女王般的口吻，就連第一人稱的說法也變來變去。

所以，這個表現方式應該沒錯才對──

「您、您早，女王殿下。」

……看來確實沒錯。響看著三人深深低下頭的模樣，內心鬆了一口氣。

「那個，新的ROOK大人在找您……」

聽見這句話，響的背脊一陣冰涼。ROOK……三幹部中代表戰車的準精靈。她與空無不同，應該與白女王直接交談過無數次，是現狀盡可能不想碰到的對象。

「ROOK嗎？」

「是的，不如小的去喚她過來吧？」

能為白女王服務的喜悅令空無眼瞳的光彩更加閃耀。儘管內心過意不去，響還是拒絕了她的提議。

「不了，我現在不想見她。」

「這樣啊……」

空無們老實地退下，似乎也沒有人對剛才的對話內容心存懷疑。這下子應該有辦法——

「哎呀，女王，您怎麼在這裡？」

「——！」

響回過頭。

五官沒有因驚愕而扭曲根本是近乎奇蹟了吧。與時崎狂三和蒼為對手展開激戰，將兩人逼入絕境，最後以響為誘餌捨命攻擊才終於打倒的長髮少女。然後經由白女王之手，輕易被取代而誕生出的第二ROOK。

她肩上扛著無銘天使〈紅戮將〉——紅色巨鐮，目不轉睛地盯著白女王。

「我記得您好像說過要外出？」

她一臉天真地歪了歪頭。響在腦海深處思忖著：自己鬆懈下來的瞬間恐怕會被殺掉吧，臉上同時浮現猖狂的笑容。

「用不著妳管。去把她的〈刻刻帝〉給我拿過來。」

「〈刻刻帝〉？那已經依照您的命令，封印在寶物庫了不是嗎？」

「……有些地方需要釐清。妳能幫我拿過來嗎？」

響命令ROOK後，ROOK露出有些困惑的表情。

「非常抱歉。因為剛重置不久，我還不熟悉這個領域。寶物庫的位置不是只有女王您才知道嗎？」

「……也對。」

響在內心發出慘叫，點頭回答。她起疑心了嗎？還是已經把我視為敵人，正打算殺掉我？乾脆逃跑……不行，沒用的，肯定會被追上。另外，還有一個令人在意的詞彙。「剛重置不久」是什麼意思——

「不好意思！」

從剛才就一直想加入話題的空無三人組，其中一名走向前來。

「小的當時在場，所以記得地點！如、如果女王不介意，由小的陪同……！」

「是嗎？那就一起走吧（這樣一來，只能讓她為我帶路了！）。」

響背後冒汗，點頭答應。

那名少女得到白女王的回應，想必特別開心吧。只見她在走廊上邁步奔跑，跑得氣喘吁吁。

「……真是太嫉妒了……」

其餘兩人瞪著少女的背影，眼中流露的與其說是可愛的嫉妒，更接近殺意。一個弄不好，可能會立刻痛下殺手。

「那麼女王，屬下還有任務在身。」

「好的，去吧。一切就交給妳了。」

ROOK靜靜低下頭。這下應該順利過關了吧。嚮如此期望，追著帶路少女的背影離去。

◇

「……光是等待，真是令人焦躁啊……」

狂三的鞋子「喀喀」地不斷敲著牆壁。另一名狂三傻眼地凝視著她。

「妳就這麼擔心嗎？」

狂三沉默了片刻。

「……沒錯，超級擔心。狂三Ⅱ號。」

「就說了，別這樣叫我。」

另一名狂三皺起眉頭。狂三鬧彆扭地撇過頭。

「我（妳）跟我都叫時崎狂三，不是很不方便嗎？」

「……通常來說，確實是不方便啦。」

狂三Ⅱ號聳了聳肩。

她說的不錯。存在兩名一模一樣的人，稱呼彼此同樣的名字，簡直是不便到了極點。「若是超過千人，倒也就無所謂了」。

「妳有說話嗎？」

「沒有、沒有，我一句話都沒說……也是。如果能離開這裡，就來取名字吧。只屬於我，獨一無二的名字。」

◇

……看來似乎是順利過關了。即使背對ROOK，她也沒有突然砍過來，更沒有設下包圍網的樣子。

「我可以問妳一個問題嗎？」

響慎重地挑選用詞，詢問走在前方的空無。

「好的，什麼問題！」

她回過頭，一臉天真無邪。

「……妳現在，快樂嗎？」

「當然，能幫上女王的忙，是小的至高無上的喜悅！」

「那就好……」

如果暴露了身分，用懷柔政策也行不通啊——響如此心想。

「女王說過要給予我們生存的目標。從那時、那一瞬間起，我的存在便屬於女王您的。」

「假如我要妳死，妳願意為我犧牲生命嗎？」

「那是當然！」

——聽見空無真心真意的話語，響想起自己的決心。

老實說，緋衣響自己也認為如果能為時崎狂三盡一份心力，死也甘願。因為那個人對自己恩重如山。幫自己親愛的摯友報了仇，原諒自己犯下的死罪，跟她在一起無比地快樂。甚至處於這種危及性命的狀況下，都令自己甘之如飴。

自己的心情與眼前這名少女的痴狂是一樣的嗎？

「……女王？」

「沒事。走吧。」

思緒千絲萬縷，無法釐清。響希望至少在生命凋零之前能理出一個結論。

◇

「——所以，我，那位緋衣小姐究竟是怎麼樣的一個人呢？」

狂三Ⅱ號詢問狂三。

「怎麼樣的一個人啊……只能說是她自己要跟來的。」

「只憑這樣的原因就來到這個第三領域嗎？她見識過我和女王的對戰吧？那麼……應該看得出妳們兩人的實力天差地別。貿然潛入這種地方，根本是自尋死路。」

狂三Ⅱ號說的沒錯。

「……是啊，我們經歷了許多事。」

「希望她不要成為額外的包袱就好。」

狂三對狂三Ⅱ號說的這句話莫名覺得反感。

「她才不是包袱。因為有她在，我才能在這個鄰界苟活。唯獨這一點我敢肯定。」

雖然最初的相遇不甚美好，屏除掉這件事，緋衣響依然占據時崎狂三心中極大的分量。

「是嗎？我跟我（妳）果然已經不同了呢。」

「是這樣嗎？」

「是的。分身在誕生的瞬間便確立了自我。由於是從過往的某一時期感受時崎狂三的所有過去，因此確實能稱為時崎狂三的存在。不過，人的心情是善變的。根據是由哪個瞬間建立分身的不同，個性也會產生些許差異，活越久，身為時崎狂三的自我也會產生微妙的分歧。」

「……這是妳的經驗嗎？」

「我的人生大部分都被白女王的拷問給占據。所以就算共享記憶，想必我也無法了解為何緋衣小姐會甘願為了我如此煞費苦心，同時妳又為何能全心全力地信賴她吧。」

「是這樣嗎……？」

「不過，唯獨不能丟失我們的目的。若是遺忘，時崎狂三便不再是時崎狂三了。」

狂三II號一臉憔悴地嘆息。

「目的……」

確實如此。那對現在的狂三自己也是明確的存在。那是復仇、因果、報應。無論欠缺多少記憶，「打倒她」的決心也絕不會改變。這恐怕是所有時崎狂三一致的概念。

不過，狂三還有另一個夢想，就是想見那個人的心情，狂熱的愛戀之情。這是所有時崎狂三共有的夢想嗎？或者唯獨自己擁有這樣的心情呢？

……狂三怕得不敢問眼前的她。

「白女王打算到第一領域做什麼？」

「那裡應該有什麼毀滅鄰界必要的東西存在吧？」

兩名狂三一起思考。擁有那股龐大的力量，要統一支配鄰界也不無可能吧。

即使如此，白女王仍然說出要「毀滅」。是基於什麼理由，為了什麼原因？

「……好慢喔。」

聽見這句話，狂三身體一僵。響確實遲遲沒有回來。難不成化成白女王一事東窗事發了？

「沒事的。對方不會不分青紅皂白就殺了她。」

沒錯。就算對方發現響的真實身分，應該也會先活捉，然後審問。狂三已經事先告訴過響，如果落入那種境地，就快點把狂三她們的事情給招出來。

雖然不知道響之後的下場會如何，但至少能免於被殺。

「……我剛才考量到不要讓大家感到不安才沒說……空無對女王的態度已經超越崇拜，到達瘋狂信奉的地步。」

「瘋狂信奉……？」

「白女王要她們去死，她們便面帶笑容死去。要她們重置人格，她們便會毫不猶豫地重置。她們就是這樣的存在。對白女王而言，她們不過是道具，但對空無來說，白女王卻是女神般的存在……要是緋衣小姐暴露了身分，肯定會被殺死吧。」

狂三的鎖鏈「喀鏘」作響。狂三以像是要咬死人的氣勢大喊：

「這種事，怎麼不在她出去前說啊！」

狂三Ⅱ號冷冷一笑回答：

「……說了就能解決嗎？緋衣小姐依然必須將〈刻刻帝〉拿到手。應該說，恐怕她早就知道空無是那種存在了。」

「……要是響有什麼三長兩短，有妳好看的，『我』。」

「隨妳便。反正若響小姐發生什麼事情，復仇和嚴懲都是痴人說夢。」

◇

雖然稱為寶物庫，實質上就如同狂三Ⅱ號所說的，是等同於武器庫的地方。想必是從別人身上搶來的靈裝和無銘天使成排羅列在牆上。劍、矛、槍、斧、樂器，以及其他各式各樣的道具。乍看之下五花八門，不過每一樣都是凶惡的兵器。

……問題在於，本來無銘天使與準精靈是密不可分的。象徵準精靈精神面的無銘天使，別人無法使用。

「不過，這一點也快要實現了。」

帶響來到寶物庫的空無雀躍地告知。

「再過不久，我們也能行使這些無銘天使真正的力量了，對吧？」

響聽見這句話，打了個哆嗦。基本上，除非是像響的〈王位篡奪〉這類特殊的能力，否則準精靈根本無法使用他人的無銘天使。當作武器來揮舞倒還可以，但無法發揮真正的力量。

……然而，白女王似乎打算顛覆這一點。

「沒錯，到時候為了我奉上妳的性命吧。」

口氣是不是有點不一樣啊——響儘管如此心想，還是這麼說了。果不其然，無名少女表情瞬間一亮。

「那是當然！我們空無的誕生就是為了替女王效力。啊啊……我已經迫不及待了！」

響咬緊牙關。

她差點開口勸導少女。生命不是該那麼輕易就捨棄的東西、那是妳太輕視自己，這是再自然不過的道理……所以才要好好珍惜。

不過，響也明白即使告訴少女這些道理，她也絕對無法理解，只會引起她的懷疑罷了，絕不可能發生打動人心的發展。

「是啊，希望妳為我效命。」

所以，響吐出白女王可能會說的話，隨便蒙混過去。

自己目前站在時崎狂三的陣營，是眼前這名少女的敵人，不是同伴。響深呼吸——想起過去借用時崎狂三的臉蛋參加廝殺競賽的事情。

以冰冷的心握槍，以灼熱的手扣下扳機。

「我看看……老式手槍……是這個吧？與白女王長得一模一樣的準精靈所使用的無銘天使……感覺跟您的手槍不一樣，外觀好寒酸呢！」

「妳這個笨蛋，在說什麼蠢話啊？這把槍明明就超古典超帥氣超酷的好嗎！這膠黏得簡直是完美得天衣無縫，塑膠槍根本完全不能比。槍就是要選木跟鐵製的啊。」

「什麼？」

空無瞪大雙眼。慘了。因為聽到空無說〈刻刻帝〉的壞話，就反射性地回嘴了，而且還是用自己的語氣。

沉默片刻後，響擺出一副世故的表情，優雅地慢慢撫摸〈刻刻帝〉並呢喃道：

「……想必她會如此反駁吧……」

響祈禱能靠這個藉口蒙混過去，否則只能拿立在牆面看起來最重的鐵鎚，使勁朝她的後腦杓敲下去了。

「白女王還懂得開玩笑呢……！」

很好，蒙混過去了，真走運！

響在心中擺出勝利姿勢說道：

「那麼，我就拿走〈刻刻帝〉了。它似乎會成為未來某個重要的關鍵部分……」

響故意用關鍵部分、未來這種含糊的詞彙來唬人，最後終於拿起〈刻刻帝〉。

「好的，一切聽從您的吩咐。」

「『謝謝』妳。」

響將〈刻刻帝〉抱在懷裡。那名空無一臉茫然地凝視著她。

雙眸中充滿虛無。

「——為什麼向我道謝？」

「……咦？」

「耗盡我們是白女王的責任與義務，我們也為此感到愉悅，所以女王無論如何都不會表達感謝。即使對我們戰勝存活下來一事表示讚賞，也絕不會感謝。善用我們這些毫無成就、理應消失的生命，該表達感謝的是我們才對。然而……妳卻向我道謝？」

眼神空洞如此呢喃的少女反應快速地抓起掛在牆上的短槍無銘天使，指向響。

「妳這個冒牌貨！」

不過，響的反應比她更敏捷。本來就只是表面上的敷衍，隨時都可能露出馬腳。在這種情況下神經緊繃的響，早已做好心理準備面對身分敗露時的場面。

她輕盈一躍，閃開指向她的短槍後，將狂三送給她當作護身符的子彈塞進〈刻刻帝〉中，扣

下扳機。

她絲毫沒有猶豫。如果不殺掉對方，自己就會被殺，結果害死狂三。這是響絕對不願意導致的結局。

「……女，王……」

空空如也的空無少女在依然沒有人知道她名字的情況下，生命就此凋零。不過，她的犧牲得到了回報。轟然的槍聲響徹第三領域，宣告了異常事態。

也就是，事跡敗露了。

「……啊～～真是的！」

響瞥了一眼逐漸消散的無名空無，全力奔跑。

◇

槍聲從遠方傳到監牢的兩人耳裡。

「開槍了。」

無論槍響多麼小聲，聽慣幾千幾萬次的槍聲，無庸置疑就是從〈刻刻帝〉發出來的。

「開槍的是誰？是響嗎？還是——」

若是後者，就是最糟糕的發展。即使是前者，這裡是敵方營陣，開槍也是一大失策……換句話說，她是在知道會有什麼後果的情況下扣下扳機。

表示她已經被逼到不得不開槍的地步了嗎？狂三將手貼在胸口，像是緊握著不安一樣。心跳聲異常刺耳。

腳步聲。

全力奔馳的聲音傳進狂三耳裡。

「太好了，看來開槍的是響。」

「哎呀，『我』聽得出來嗎？」

「對，聽聲音就知道——」

躂、躂躂。好像拚命對自己緊追不捨，令人心酸的小跑步聲。

這節奏聽起來意外地悅耳。

「讓妳久等了，一人份的〈刻刻帝〉來～～～～～了！」

因此，即使有如要踹破門一般打開厚重門扉進來的少女是緋衣響，狂三也一點都不吃驚。

「妳沒事吧？」

「有事，事情可大了。我一路狂奔到這裡，還以為要死了呢！接下來的事就交給妳了！」

狂三接過〈刻刻帝〉後，露出狂妄的笑容。緊貼在手的觸感，槍與手融為一體的舒暢感。影

子化為子彈，隨著音速擊碎鎖鏈。

「……真有一套。」

狂三Ⅱ號發出讚嘆聲。她確實跟不斷受到拷問的自己不同，只吃了白女王一次敗仗。只要〈刻刻帝〉在手，可說是必然能恢復力量。

「別看我這樣，好歹也曾身經百戰。」

狂三秀氣、優雅、自大地笑了。

「別管半死不活的我了，我看我已經拿不起比筷子還重的東西了……」

「是嗎……那就沒辦法了，妳保重。雖然不捨，我們還是走吧，響。」

「咦！妳真的打算把她留在這裡啊？」

「我開玩笑的啦，開玩笑的。」

「我怎麼感覺妳是認真要扔下我離開呢……我被奪走的『時間』應該在這領域的某處。只要把那些時間搶回來，對妳也有幫助，『我』。況且只有我還多少了解這個領域的事，對吧？」

「拜託～～我是開玩笑的啦，開玩笑的。」

狂三笑道後，狂三Ⅱ號也回以笑容。

「……哎呀，『我』真的是我呢～～」

「就是說呀～～」

「好了～～無聊的對話就到此結束！」

響強行插嘴。因為要是不這麼做，似乎會永遠持續這令人感到胃疼的冷言冷語。

「說的沒錯。我們一定要逃離這座城堡喔，狂三Ⅱ號。」

「是啊，那是當然……另外，可以別叫我狂三Ⅱ號嗎？」

狂三露出猖狂笑容，扣下〈刻刻帝〉的扳機。

鎖鏈斷裂。

狂三Ⅱ號慢慢站起。響伸手想扶她一把，卻被她委婉地拒絕了。

「我想用自己的雙腳久違地走幾步路看看。」

聽她這麼一說，響也只好退下。狂三Ⅱ號緩慢但確實地踏出一步。

……兩步、三步。

「走不動了。」

似乎一下子便到達了極限。狂三嘆了一口氣，將〈刻刻帝〉指向她。

「真拿妳沒辦法。我立刻用【四之彈】幫妳復原。」

狂三扣下扳機。

【四之彈】……能力是時光倒流，復原、回歸。傷勢能治癒，損壞之處能回復。不過——

「哎呀？……這是為什麼？」

狂三Ⅱ號的傷勢並沒有痊癒。她無力地微笑道：

「很遺憾，我的傷勢無法治癒。不知是負傷的狀態持續太久，還是時間被奪走的關係。只要『時間』沒有找回來，我恐怕是無法戰鬥了。本以為脫離鎖鏈的桎梏或許還有希望……看來還是不行呢。」

沉默片刻。少女有些落寞地笑了笑，表情顯示出她所說的是事實。

「……這樣啊。」

狂三並不表示同情，同情也沒意義。

現下需要的是正面思考。狂三對說完話氣力盡失，頹倒在地的狂三Ⅱ號說了一句：「真拿妳沒轍呢。」接著嘆了一口氣，對響使了個眼色。

「響，這個『我』似乎寸步難行呢。可以請妳暫時揹著她走嗎？」

「好的、好的，了解～～！」

「啊啊，啊啊。真是屈辱啊……」

響輕輕地揹起狂三Ⅱ號，站到狂三背後。手持短槍、長槍的狂三深深呼吸了一口氣。

「那麼，我們——衝出一條血路吧！」

時崎狂三踹破厚重的鐵門，逃離監牢，映入眼簾的是手持自己的無銘天使等候的純白士兵(PAWN)。

「空無……」

沉默。如能面具般面無表情，沒有恐懼也沒有歡喜，似乎是為了鞠躬盡瘁而來。仔細一看，甚至有人手持的明顯並非戰鬥類型的無銘天使。想必不堪一擊吧。

「我姑且警告妳們……擋路者，我絕不留情。聽見了嗎？『絕不留情』。」

彷彿對這句話產生反應，空無們群起攻之——

然後，一事無成地全體倒下。

「浪費子彈。像個嘍囉一樣直接消失吧。」

〈食時之城〉吸取她們的時間。她們完全無法反抗便煙消雲散。

「……空無……擁有的時間不多呢……」

狂三II號低喃。

畢竟是空空如也的準精靈，就像是破了洞的容器，放著不管就會慢慢死去的脆弱生命體。

狂三是在明白這一點的情況下吸取她們的時間。

「既然追隨白女王，那就是空無她們的選擇……雖然與她們為敵讓我感到難過，但我是不會手下留情的。」

因為狂三認識一名同樣曾經空空如也卻存活下來的少女。所以，不管是受到近似洗腦的手段還是什麼，那都是空無她們自己的選擇。

她們追隨了白女王。

明知她的想法為何，還是選擇拿起武器，與狂三為敵。

既然如此，狂三也不會手下留情。不過是會有些心煩意亂罷了，只要忍耐就好。如果說她們是狂熱的信徒，那麼自己就是心思敏感的少女。

「……先逃出去再說。必須在遇到戰車、主教和騎士之前，先重振旗鼓才行。在這座城堡中四處逃竄也於事無補，得先準備好足以戰勝的靈力、武器裝備和戰略再重新行動。」

「我贊成～～！我緋衣響偵測危險的感應器一直響個不停，最好盡早離開這裡！」

當然，狂三也是如此打算。從現實面來考量，倘若自己在這裡被拷問，奪走能力而死，很可能會導致這個鄰界失去平衡。

「總之，響妳先試著回到妳剛到這個領域時的起點，搞不好能找到什麼線索——」

剎那間，城堡搖晃。狂三等人以為是發生了鄰界編排而身體僵硬，後來發現走廊像是彎曲弓起似的搖動，才明白並非如此。

「這是……？」

「糟了，是重置……！『我』，千萬不要走散了！」

狂三Ⅱ號大喊後，狂三立刻抓住響的手。感覺像是一艘被扔到波濤洶湧的大海上的小船。

「這是怎麼回事！」

「是重置！現在這座城堡的內部正在全部汰換！要是被分開，不知道還有沒有辦法再相遇，所以千萬要跟緊了！」

「了、了解！」

何止波濤洶湧，剛才還在眼前的走廊宛如電梯般迅速上升，緊接著一道牆擋在前方。要是時機稍有差錯，狂三和響她們便會完全被拆散。

「另外，緋衣小姐！」

「是、是的！另一個狂三，妳有什麼事！」

「我……身體虛弱……好……好想吐啊……！」

狂三Ⅱ號無力地如此說完，響便表情一僵。

「拜託妳，妳可千萬別～～吐～～啊～～！」

○迷魂陣

過了約十分鐘。

……總之保住了狂三Ⅱ號的尊嚴，響的靈裝也沒有弄髒。

震動已經停止，恢復了寂靜。剛才只要筆直前進，如今卻有一道牆擋住去路，反倒是右側出現了一條前所未見的通道。狂三Ⅱ號面對啞然無言的兩人，鬆了一口氣，像是在表達終於停止搖晃了。

「剛才的現象……究竟是怎麼回事……？」

「這座城堡有四個人有權限重組這個領域。」

「原來如此，跟鄰界編排不一樣……對吧？」

「鄰界編排是精靈的干涉，剛才的情況是從內部自由重組。因為第三領域幾乎是在白女王的掌控之下。」

「啊啊，狂三，第十領域的『操偶師』是住在學校吧？妳就想成是那個的強化版吧。是支配者的特權。」

「操偶師」創造出一所學校，而白女王和三幹部則是能重組整個第三領域。

「大致上是理解了。不過，城內結構之所以會重組——」

狂三Ⅱ號點頭同意。

「表示ROOK或是其他兩人『絕不讓我們逃掉』的決心吧。」

「但也多虧敵方的這個舉動，讓我確定了一件事！那就是我們應該、肯定能順利逃脫！」

響開朗雀躍地說道。

「……的確，假如從一開始就處於無法逃脫的環境，根本也沒必要重組吧。畢竟她們知道我們的位置，只要慢慢將我們逼入絕境就好。」

「我在這裡接受拷問的期間，定期重組了五次，排除掉這次，緊急重組了兩次。原因是這個第三領域的前支配者挑起戰爭。恐怕是為了防止寶物庫或『時間』保管庫被搜刮吧。」

定期重組的情況下，白女王和三幹部都對領域的構造瞭如指掌，但緊急重組時，除了絕對必須隱藏的一部分場所外，其他構造並不清楚——這是時崎狂三在被監禁的期間，透過空無與三幹部的閒聊推斷出來的。

「不只如此。恐怕現在這個領域……哎呀，廣播鈴聲？」

「噔噔噔噔～～」與現狀格格不入，毫無緊張感的鈴聲響遍走廊。

『這裡是廣播處～～♪兩名時崎狂三脫逃，因此ROOK大人緊急重置第三領域♪所有空無立刻拿著無銘天使集合♪勢必要組拿兩人♪啊，幫助逃脫者可以殺了沒關係♪——距離白女王從第六領域歸來，還有兩個小時♪請各位♪奮力一戰，慷慨赴死吧♪』

三人沉默了片刻，反覆咀嚼這輕鬆歡愉的廣播內容言下之意。

「……這是在拖延時間呢。」

狂三II號點頭贊同響說的話。

「據我所說，妳曾經戰勝過ROOK一次吧？雖然也經歷過一番苦戰。」

「是的、是的。若是沒有蒼和響的幫忙，恐怕我會單方面被壓著打。」

「但是終歸是贏了，加上還有我。從ROOK的角度來看，勝率是一半一半吧。而且勝利的條件不同，ROOK必須打贏並活捉我們，但我們只要找到通往某個領域的門，跳進去就贏了。」

如此說來，確實不錯。狂三也點頭認同。ROOK在畏懼她們三人——擔心即使應戰也會反被打敗，讓她們脫逃。

「所以才要拖延時間吧……雖然令人火大，但現在的我們就算能擊敗ROOK，也戰勝不了白女王。」

沒錯。這是一場等待女王歸來前的遊戲。是自己這方能順利脫逃呢？還是敵方能迎頭趕上呢？勝利女神會眷顧何方？

「……我想想，我們接下來該怎麼做。」

狂三閉上雙眼，在心中默唸一會兒後，召喚出懷錶。

在鄰界，只要滿足條件便能輕易創造出無機物。要憑空製造出足以殺傷準精靈的武器或可能破壞這領域的物品並不容易，但若是像鐘錶這種小東西倒是小事一樁。

狂三打開錶蓋，確認懷錶指針正在走動後，告訴兩人：

「如果剛才的廣播不假，我們所剩的時間是兩小時。我們無論如何都必須在兩小時以內逃離這個第三領域，明白嗎？」

「那是當然，我們會緊緊跟隨妳～～！」

「……順便尋找『時間』，想必一定會派上用場。」

三人彼此頷首，在不知會通往何處的走廊上前進。白色的地板、白色的牆壁，沒有窗戶，冰冷無生命力的道路連綿不絕。

「啊～～好刺眼喔～～」

響搓揉雙眼。狂三也表示同意。總之，白色令人眩目。目光所及之處耀眼奪目，那是象徵白女王絕對王政般的光輝。

真想索性全部摧毀。然而，時崎狂三的〈刻刻帝〉子彈有限，破壞力也不足。

「響，那是什麼來著？會『砰！』的東西。把它拿出來用吧。」

「砰？……喔喔，妳該不會是指靈晶炸藥吧？」

「對，就是妳在第十領域把一半城鎮炸毀的那個。」

「我身上沒那玩意兒耶。要是有那種方便的東西，我在ROOK戰時早就拿出來用了。」

「哎呀、哎呀。緋衣小姐，真是人不可貌相啊，想不到妳如此激進呢……」

「因為我豁出去了啊！拚得要死！跑到第六領域賣掉無銘天使，到處搜購！但還是不夠，甚至還沾染上賭博！我還是第一次玩麻將玩得那麼『緊張刺激』！當我翻到白板，役滿自摸時，差點就要昏過去了！」

「妳是在做什麼呀？話說，妳什麼都會耶……」

狂三傻眼得笑道，狂三Ⅱ號則是雙眼圓睜。對過去生活在封閉環境中的狂三而言，另一名狂三的笑容自然得令人難以置信。

儘管她已經厭煩哀嘆自己的坎坷遭遇，但還是怨恨老天的不公——

「妳們到底是怎麼認識的呢？」

「呃～～這個嘛……」

「響搶走了我的長相、身體、記憶和能力。」

「……什麼？」

本以為自己的遭遇比較坎坷呢。

狂三與響不理會僵住的狂三Ⅱ號，自顧自歡快地聊了起來。

「哎呀，我現在依然對妳感到很抱歉呢！」

「只有感到抱歉而已嗎？我可是被妳——不對，正確來說，是妳變成的『我』罵得狗血淋頭、捲進戰鬥狂的廝殺遊戲、當成誘餌，至今仍是我心中的一大夢魘耶。」

「呃，那個，我只是複製妳的思考，無法對妳的言行舉止負責。」

「真～～是～～令～～人～～火～～大～～呢～～」

「呀～～不要掐我臉頰啦！」

「……妳們倆感情真好。」

「感情才不好呢。」「才不好呢～～♪」

響跟著狂三異口同聲地說道。狂三又掐起她的臉頰。狂三Ⅱ號瞬間忘記內心懷抱的嫉妒心情，嘻嘻竊笑。

笑了一會兒後，狂三Ⅱ號開口：

「聽好了，我。這個第三領域是童話與恐怖交雜，既低俗又歹毒的場所。那個女王光是消耗空無還不滿足，甚至利用她們來做各式各樣的實驗。」

對準精靈來說，空無既是個體也不是個體，感情淡薄，甚至不害怕消失。在街上擦肩而過，不是把她們當成空氣，就是粗暴地對待她們。就像第九領域的桃園真由香一樣。

但是，白女王更加惡劣。

眉頭動都不動一下，眼睜睜看著因反覆實驗而昇華、變成異形的空無。

……每當實驗成功時，她那露出像在說「又更接近目標一步」的冷笑模樣，簡直令人毛骨悚然。狂三Ⅱ號如此回想。

那個笑容是逐漸聚集的邪惡，令她打從心底確信白女王是和自己截然不同的生物——

「不愧是反轉體，跟我的興趣完全相反呢。」

狂三「嗯、嗯」地點了點頭。響則是一臉目瞪口呆地聽她說出這句話。

「咦，這個精靈是在說什麼啊？」

耳尖聽到響這句呢喃的狂三笑容滿面地將她的頭緊挾在腋下。

「對不起、對不起，因為妳的發言太有意思，我不小心就出聲吐槽了！呀啊啊啊！」

「……總之，妳們能不能快點前進啊？」

被揹在背上的狂三Ⅱ號一副傻眼的樣子，如此呢喃。

◇

尚未見到空無的蹤影。三人比起警戒，選擇踏著輕快的腳步不斷奔走。四處擺放著陶壺、花瓶等這類華麗的擺設，但壺內空無一物，花瓶裡也沒有插花，甚至沒有裝飾的意味，只是單純放

著……這種感覺。

三人在純白筆直的走廊上一個勁地前進，終於到達轉角。

「這個轉角後方，想必是重組後的場所吧。」

所謂的重組，是指將領域分解成一百多個部分，使之移動的權限。不過，這次的重組過於倉促。狂三Ⅱ號分析恐怕除了重要的場所，其餘的絕大部分都是隨意設置的。

儘管考慮到這一點——彎過走廊的轉角後，擴展在眼前的光景還是吸引了她們的目光。

「這是……花田嗎？」

目光所及全是花朵，一大片的花海覆蓋了大地。紅的、黃的、白的，遍地開花。

「有辦法從這裡逃到外面嗎～～？」

響說完，狂三朝地面一蹬，凌空飛翔。不過，她立刻領悟到此法行不通。因為飛到某個程度後，天空突然形成類似硬橡膠的觸感，無法再繼續前進。

狂三只好死心降落，嘆息道：

「沒辦法。是假的天空、假的大地。」

「也是，怎麼可能那麼順利就讓我們逃出去。」

響苦笑道。這地方是怎麼回事呢？兩人歪頭提出問題後，狂三Ⅱ號從響的背上下來，摘了一朵花。

「白女王也有閒情逸致賞花嗎？」

面對狂三的提問，狂三Ⅱ號緩緩搖頭。

「不，她喜歡像那棟建築物一樣的人工物品，十分厭惡大自然，絕不可能欣賞這種花。我想大概是……大概是在這座城堡建造之前就已經存在於這個第三領域了吧。」

狂三Ⅱ號以手指輕觸花瓣……莞爾一笑。狂三一副感到不可思議的樣子注視著這一幕。自己沒有那種閒情逸致，也沒興趣賞花，然而這個狂三（狂三Ⅱ號）卻憐愛地撫摸著花朵。

她的動作極為可愛、優雅，令人一瞬間忘卻她們正在被人追趕。

「……快點走吧。」

狂三清了清喉嚨，這麼說道。不過，少女緩緩搖了搖頭。

「不行，必須先決定一件事才能走。」

少女站起來，清爽一笑。

「我剛才在這裡決定了我的名字。」

「……『我』？」

「——岩薔薇（Cistus）。發音很好聽吧？」

「曾經」名為狂三的少女宣布她的新名字。岩薔薇，又名午時葵的花，那樸實無華的純白花瓣正美麗地綻放。

美麗的花朵，美麗的名字。

「這樣好嗎？」

「沒問題。偶爾存在……捨棄名字的個體，也無所謂吧？」

岩薔薇摘下盛開的花朵，朝天空一扔。微風吹散花瓣，飛舞散落。於是奇蹟發生了，當時崎狂三將自己的名字改成岩薔薇的同時，她的靈裝變成了清爽的黃色。

響和狂三……都被她剎那間如夢似幻的模樣奪去了目光。

「……是無妨啦。」

「Cistus……換句話說是……姊妹（Sister）嘍……狂三姊姊啊，真不錯呢。或者被狂三喚作『姊姊』……不錯，真不錯……」

動起歪腦筋的響決定先保護好自己的脖子。

——剩下　一小時四十分

◇

一邁步奔跑便響起沙沙聲，花莖一一折斷。

「有點不忍心呢……！」

「別管了，現在先保住自己的性命最要緊。」

本以為永無止盡的花田，在越過一兩個山丘後總算產生了變化。

「妳們看，那裡有門！」

「果然是童話世界呢……」

第三個山丘上出現了一扇門。當然，四周並沒有連接這扇門的空間，門的後方依然是無邊無際的花田。

這扇門恐怕是通往白女王的城堡，為了引導她們再次回到戰場。

「那麼，由我來開——」

撫上門把後，有種冰冷的感覺。不只是手，而是全身，尤其是後頸由下往上竄起一股寒意。

「……」

狂三再次望向那扇發出光澤的木門，特色是做成巨大錶盤的造型。

「狂三～～？」

「嗯！嗯！」

她清了清喉嚨。

「……不好意思。」

再次仔細觀察山丘上「平凡無奇」的木門。那個存在於白女王眼眸中的不祥天文鐘就鑲嵌在門的上方，指針似乎沒在走動。

狂三慎重地觸摸木門……保險起見，也確認門的背面，並且觸碰秒針、分針，以及指向星座的針——什麼異狀也沒有。

沒有接觸死亡的感覺，只是有種難以名狀，褻瀆般的預感。狂三強烈認為只要踏進這扇門，先前的嚴肅氣氛很可能會破壞殆盡。

「不進去嗎？」

背後傳來岩薔薇的聲音，狂三深深呼吸了一口氣。

「……我要進去了。」

沒事的——狂三如此告訴自己。

若是陷阱，只要利用【四之彈】將時光倒流，或是利用【七之彈(Zayin)】強制停止來處理就好。若是類似會掉落的那種陷阱，用【一之彈】應該能應付——

「我開門嘍！」

狂三握住圓形門把，轉動。於是，奇妙的事情發生了。錶盤的指針像是與門把連動似的開始走動。

「哎呀。」

「咦？」

「哎呀、哎呀、哎呀？」

走進門之後看見的是巨人的房間。房間正中央擺放著大型桌椅，大到狂三必須抬頭仰望。

狂三輕輕一躍，跳到桌上查看後，發現那裡坐鎮著白色的茶杯和銀色的茶壺。是打算舉辦茶會嗎？

她嘆了一口氣，跳下桌面。

「真是太愚蠢了。」

狂三回過頭如此笑道，卻因為岩薔薇和響奇妙無比的表情和狀態而全身僵硬。

「妳、妳……」

「為、為……」

深呼吸後，將彼此心裡想的話說出口：

「妳們兩個怎麼變得『那麼巨大』？」

「為、為什麼狂三妳變得那麼小隻？」

面面相覷。

狂三反覆思量響這句話的含意，理解後連忙望向自己的手。

好小。非常、超級、無比地小。

全身上下都軟綿綿的。

狂三慌慌張張地跑向桌子，凌空一躍。把銀製的茶壺當作鏡子，照出自己的身影。

「怎、怎、怎麼……」

狂三小朋友（七歲）連尖叫都叫不出來，兩腿發軟地癱坐在桌上。

然後手忙腳亂地確認自己的服裝。靈裝、靈裝……沒事！沒有變得鬆垮，尺寸很合身。看來並沒有不容分說就全身赤裸。

順帶一提，本來懷疑房間看起來那麼巨大是因為自己縮水，但似乎並非如此，整個房間確實就是比較巨大沒錯。用創造出來的捲尺測量後，椅子有十公尺高，銀茶壺有兩公尺半高，白瓷茶杯有一公尺高。

雖然整個房間巨大的情況令人在意，但眼下的危機在於三人之中戰力最優秀的時崎狂三，如今卻削弱了實力。

這是當下的危機沒錯。

然而，有更大的危險正朝狂三襲來。

◇

「慘了……慘了……令人受不了啊……」

一邊陰陽怪氣地嘀咕一邊用臉頰磨蹭七歲狂三小朋友的，正是緋衣響。若是平常，狂三會用〈刻刻帝〉射擊、賞她的下巴一記上鉤拳，或是使出關節技來反抗，但變成七歲狂三小朋友後，早就露出一副死魚眼，任憑她處置。

「我縮水了……變成小朋友了～～……」

「……真是傷腦筋呢～～……」

只有岩薔薇目瞪口呆地注視著這淒絕悲慘的光景。

老實說，根本是少女不斷疼愛幼女的地獄繪卷啊。

「怎、怎麼辦……我該怎麼辦～～」

「狂三，妳的思考能力如何？」

「啊～～唔～～……沒問題，還可以思考。嗯。」

嗓音也變得相對年幼，不過思考能力倒是維持原狀。

「啊啊，可是好可愛……好可愛呀……想把妳關起來，永遠疼愛妳……」

「那個，『我』。響已經失去理智了，妳可以代替我把她揍醒嗎？」

「沒問題～」

岩薔薇接過短槍後，毫不留情地把響揍倒在地。

「我神智清醒了，多謝妳。」

「不會，別客氣。」

雖然響只是從雙眼冒出愛心收斂成單眼冒出愛心的狀態（順帶一提，她的腦袋還不斷冒出鮮血），但總之是能溝通了。

「……話說回來，一碰到門把就會變成這樣嗎？早知如此，就該讓緋衣小姐先走才對……」

「就是說呀。」

「也太過分了吧！」

岩薔薇將短槍還給小狂三後問道：

「妳還能使用〈刻刻帝〉嗎？」

幼小的狂三，簡稱小狂三聽見這句話後，臉色蒼白。假如主戰力〈刻刻帝〉無法使用，她們便束手無策了。

「……【一之彈】！」

小狂三對自己射擊，加速時間。踹飛附近的白色茶杯，同時以短槍連續射擊。

「……算是可以用。不過，〈刻刻帝〉太大了，用起來很吃力。」

狂三操作的是兩把槍。無奈憑小狂三的狀態，兩手緊握住一把槍射擊已是極限。尤其是長槍，更是沉重無比。

「那麼，我來拿吧。」

「妳都滿身瘡痍了，有辦法使用嗎？」

「反正，妳等著瞧吧。」

岩薔薇露出自信滿滿的笑容，單手優雅地舉起長槍，扣下扳機。子彈擊中銀製茶壺，但別說射穿一個洞了，茶壺連動都沒動一下。

「現在的我，最多只能發揮到這種程度……」

「幹嘛說得一副很了不起的樣子啊！而且我（妳）開出剛才那一槍，根本讓自己更加『奄奄一息』了嘛！蠢不蠢啊！」

通常把〈刻刻帝〉當作普通手槍來射擊時，並不會消耗時間，但對於瀕臨死亡的岩薔薇來說，還是不要耗費多餘的力氣開槍比較好。

「狂三一族偶爾真的會被自己笨死呢……」

「我宰了妳喔。」

小狂三用盡全力使出一記低踢，命中響的小腿。

「……真是非常傷腦筋呢。」

小狂三盤起胳膊，愁眉苦臉地如此低喃。

「不管被踢多少次，還是覺得超可愛的！」

兩眼冒出愛心的響立刻緊抱住小狂三。

「再再再再幫我揍她一次，快喘不過氣來了。」

「好的、好的。請不要讓身體剛好的人這麼亂來。」

岩薔薇毆打響一拳，響才終於冷靜下來。

「狂三，把子彈給我。我雖然沒辦法像妳一樣連續發射，但至少能瞄準射擊。」

緋衣響已經有兩次變身成時崎狂三的經驗，使用起〈刻刻帝〉的長槍也很熟練。當然，她並沒有操縱時間的能力。

「……要是使用太多次，可是會傷身的喔。」

就算響曾經利用〈王位篡奪〉化身為狂三，使用〈刻刻帝〉，但終究只是個冒牌貨。事實上，就連她搶奪長相、記憶、性格和能力時，能使用的能力也不多。

〈刻刻帝〉是專屬於時崎狂三的武器。

響用了對她沒有好處。只是如今只有自己和她稱得上戰力。

「兩位，我有話想說。」

岩薔薇突然舉起手。

「妳說吧。」

「我從剛才就非常好奇，這裡為什麼會擺放這麼大的桌子、茶壺和茶杯呢？」

「這是——為什麼呢？」

「為什麼呢？」

「我在想，這裡的居民應該非常——」

「咚！」牆壁撼動。

「咚！」屋子搖晃，讓人誤以為是不是發生了地震。然而，震動卻呈現規律性，聲響也越來越大。

「非常地……巨大……」

小狂三、響和岩薔薇一臉啞然地凝視著打開門的怪物。

那是一隻雪白又巨大的怪物。肌肉發達隆起，外貌是怪物，眼神卻天真無邪，像個孩子。

問題是，眼睛未免太多了吧。嘴巴和鼻子也不只一個。

「嘻嘻嘻嘻」的無數少女的笑聲響徹整個房間。這種陰森詭譎的氣氛令響和狂三聯想到她的人偶。

「操偶師」——將魂魄封印在人偶裡，不斷增加朋友的少女。

類似她那群手下、朋友，同時也是軍隊少女們冰冷無情的笑聲。

「有客人呢。」

「有客人耶。」

「不能讓她們逃走。」

「得擰掉她們的手腳才行呢。」

「因為，我們……」

「力大無窮嘛。」

無數的聲音七嘴八舌。三人情非得已地察覺到這也是「白女王」的實驗成果之一。

「……將複數的空無『融合在一起』……」

強力的臂膀。這也難怪。「畢竟把一群人的手臂融合在一起，當然會如此健壯」。

魁梧龐然的身軀，令人猜不出究竟合成了多少空無。低俗的是，那副巨大的身軀竟然穿著綴著荷葉邊的可愛大紅色洋裝，就好比是——腦袋裝著虎頭蜂蜂窩的巨人。

「……我們撤退吧。」

「能撤退的話是最好。」

「看來是難嘍。」

響瞥了背後一眼。當初三人進來的那扇門已經消失無蹤。
有的只是「她」剛才走進的那扇大門而已。換句話說，她們必須打倒這個巨人，才有機會碰到門。
小狂三與響默默四目相交——彼此點了點頭。
「岩薔薇，妳稍微退後一點。盡量待在安全的地方。」
「這種地方，還有所謂的安全嗎？」
話是這麼說，岩薔薇還是慢慢遠離兩人。響將小狂三給她的子彈裝進手槍。
怪物的眼睛睥睨著矮小如豆的兩人，舔了舔嘴脣。
儘管陷入絕境，小狂三依然態度狂妄，嗤之以鼻地嘲諷道：
「妳的舌頭看起來愚蠢得像是嚐不出紅茶的滋味。能分辨出大吉嶺與辣椒的區別嗎？」
怪物的殺意瞬間高漲。剛才還從容不迫的她咬緊牙關。
「宰了她。」「殺了她。」「去死吧。」「不要命了是吧！」
「妳就算變小了，骨子裡還是狂三呢！」
「我就當作妳是在稱讚我吧！」
怪物腳用力一踏便粉碎了死氣沉沉的水泥地。
「好啦，無名的怪物，我來幫妳取名吧。就叫蜂窩頭妖怪如何？」

「不是！才不是、才不是！我的名字是──『傑伯沃基』！」

「──哎呀，還不都是怪物。」

岩薔薇低喃了這句話，但怒火中燒的她沒有聽見。

「吃掉她！」「吃掉她、吃掉她、吃掉她！」

傑伯沃基揮拳。毫無技術與功夫，只是憎惡眼前的人，為了撕裂她所做的預備動作。

而小狂三雖然矮小到必須用雙手舉槍才能射擊，但依然是一流的神槍手。

小狂三躲開朝她揮來的拳，並且跳上她的手臂，直奔她的臉部。舉起〈刻刻帝〉，瞄準她那張磚塊般的白色臉龐，扣下扳機。

槍口因子彈發射的衝擊而向上彈了一下。

傳來複數人的哀號。

但是，怪物並沒有動搖，也沒有流血，而是大肆胡鬧了起來。剛才那一擊反而讓她更加暴躁了──小狂三不禁咂嘴。

傑伯沃基用力敲打地板、牆壁，跺腳使大地搖晃。

「哇啊啊，該怎麼辦啊，哇哇哇哇！」

響驚慌失措，不知該往哪裡逃；小狂三則是彈無虛發地不斷射擊目標，但是臂力用的勁越多，速度自然會下降。

小狂三不幸地被逼入絕境，挨了傑伯沃基一拳。

「唔——唔…………！」

「狂三！」

她旋轉著飛起，猛力撞上牆壁，陷入牆面。

意識一時中斷——強烈的一擊貫穿變脆弱的〈神威靈裝・三番〉的防禦，造成她肋骨斷裂。

傑伯沃基朝吐血的她邪佞一笑。

「混蛋……！」

響舉起長槍，瞄準傑伯沃基伸出的手臂射擊。然而不見成效，對方只受了點皮肉傷。

嵌在牆上的小狂三看著慢慢逼進的手臂思考。

身體無法動彈，雖說有可能被活捉，但眼前的怪物是否還保持那樣的理性也不得而知。況且，被活捉後便再也沒有機會翻身。

緩慢流逝的時間，高速運轉的思考迴路。然而無計可施。看來只好思考被活捉後該怎麼辦了。狂三覺悟後——注意到另一個有別於傑伯沃基的「異形」。

「……那是什麼？」

高度跟響差不多，但是寬度特別寬，應該說根本就是長方形，卻薄得像一張紙。那玩意兒凌空一躍，擋在小狂三面前，保護她不受傑伯沃基的拳頭攻擊。

傑伯沃基的拳頭直接擊中那奇怪的物體——沒有貫穿，也沒有破壞。那個會動的物體輕飄飄地飛向空中，然後突然停止。

『小姑娘，趁現在快逃喲～～』

「……妳是誰……？」

少女回頭告訴一臉茫然的小狂三。長方形，角落有個菱形的符號，一身紅色盛裝的「平面少女」，三股辮隨著她的動作晃動著。

那是——巨大的撲克牌。

『別問了，往下走、往下走。有人會帶路～～有人會帶路喲～～！』

她的說話方式毫無抑揚頓挫，有些平板。小狂三痛苦得呻吟，望向下方……那裡也有一張巨大的撲克牌。

一身黑衣的少女……撲克牌，對著小狂三蹦蹦跳跳的宣告自己的存在。

響一臉啞然，望向在旁邊跳躍的撲克牌。

「這到底是——」

「……哎呀，沒想到那些人竟然會出手相助，真是感激不盡呢。」

「妳說的那些人，指的是誰？」

「……白女王打敗了第三領域的支配者，成為新的支配者，重組了這個領域。」

「我想也是吧。」

白女王是突然出現的異端中的異端分子，並非原本就是支配者，要不然在抵達第六領域之前肯定會聽到傳聞。況且自己也曾聽說第三領域的支配者是誰，當然不是白女王——

「……啊，聽妳這麼一說，好像是跟撲克牌有關的準精靈吧？」

『正是如此是也！』

撲克牌回答。撲克牌的稱號是黑桃，當然是平面的。黑桃少女手持日本刀，英勇地揮舞……不過是平面的就是了。

『這邊、這邊～～！往這邊走～～是～～也～～！』

話說回來——響如此心想。

準精靈變成平面的，還真是奇幻呢。

傑伯沃基看著挨了自己一拳的方塊撲克牌，咧嘴一笑。

「真是夾著尾巴逃跑的敗犬呢。」

「喪家之犬啊。」

「一群一再輸給白女王，落荒而逃的可憐撲克牌！」

『可憐的是妳吧～～因為妳是隻噁心的怪物～～啊啊，真是討厭！所以說信徒就是死腦筋～

～！像我們啊，大難臨頭時一定毫不猶豫地背叛國王喲～～！』

方塊撲克牌一副樂開懷的樣子哈哈大笑。

『喂～～！方塊！妳在說什麼是～～也～～啊～～！』

『妳別管我說什麼，我來拖延時間，妳們快點逃吧～～！』

小狂三落地後，戰戰兢兢地開口：

「那個……撲克牌小姐？」

『是也！往這裡，快點往這裡走！』

撲克牌手指（平面）指示的方向確實有一扇小小的門。仔細一看，有兩張撲克牌一樣蹦蹦跳跳的突顯自己的存在。

『過來這裡！就是這裡便可！』

『請快點過來！請快點、請快點！』

紅心標記和梅花標記的兩人（？）朝這裡招手，更正，是彎曲著撲克牌的一角表示。

「……總之，先走吧。」

「了解！」

「緋衣小姐，可以請妳揹我嗎？」

傑伯沃基早已沒有將注意力放在小狂三她們身上。她對著方塊撲克牌齜牙咧嘴，不斷攻擊。

不過，方塊看起來相當頑強，不管挨了多少拳，依然不屈不撓地再三挑釁。這時，黑桃凌空一躍，攻擊傑伯沃基。她以平面的日本刀深深砍進傑伯沃基剛才抵擋響射擊的強健手臂。

『我們是二次元的存在，因此十分擅長切斷東西是也！』

『事情就是這樣喲～～！所以，趁現在快點走喲～～！』

的確，要脫逃的話，似乎只能趁現在了。

小狂三等人聽從指示，穿過小門。門的大小勉強可塞進岩薔薇，因為紅心和梅花從背後使勁推擠，這才好不容易塞了進去。

「好痛啊……屁股，我的屁股……」

「因為狂三比較豐腴嘛，痛痛痛痛！不要一直踢我小腿啦，狂三小朋友！」

小狂三當然不允許聽到有人對岩薔薇的身材說三道四的。

『別慢吞吞的，快點走便可！』

『請快點～～！』

門後的通道更窄。小狂三比較輕鬆地通過，但響和岩薔薇便很艱辛了，全身擠得難受。

「我累了，拉我一把。」

「我也很累好嗎～～！」

「……我倒是輕鬆得很呢～～」

「混蛋，別仗著妳可愛就得意忘形喔，狂三小朋友！啊啊，真的好可愛啊，可惡～～！好想摸來摸去啊～～！好想摩蹭啊～～！好想拍下妳在電視機面前學跳舞的模樣啊～～！」

「根本欲望滿滿嘛。」

「我好害怕啊，尤其是最後一個，敘述得太過具體，更增添了危險的味道。」

走在前頭的小狂三畏懼著背後的視線，不斷向前進。牆壁全是灰色，只有微光照射，氣氛宛如閣樓一樣。那道微光，恐怕是自己等人剛才奔跑過的走廊亮光吧。換句話說——

「這裡，該不會是牆壁與牆壁之間的空隙……吧？」

『這麼想便可！』

『把這裡想成是通往我們反抗軍基地的道路便可！』

緊貼牆壁奔跑的梅花撲克牌吶喊道。運動風打扮的少女高聲說道：

「反抗軍……」

『妳確實是時崎狂三，這麼想便可吧！』

「……我是又如何？不是又如何？」

『想帶妳見見我們首領凱若特．亞．珠也便可！』

『請與我們聯手～～！』

「啊，我想起來了！這個領域的前支配者！凱若特．亞．珠也！記得是使用撲克牌無銘天使的女人！」

聽見響發出的高八度吶喊，紅心與梅花「嗯、嗯」地點了頭。

『正是如此！我們的首領凱若特大人！很好，非常棒！』

「她是個怎麼樣的人呢～～！」

『妳馬上就會見到她了～～！』

……似乎馬上就能見到她了。小狂三等人只好繼續奔跑，一個踩著小碎步，一個擠得像沙丁魚，一個則是精疲力盡的模樣。

——剩下 一小時十七分

一圈又一圈，繞到了第八圈。一開始還努力掌握路線，不久後便失去那種氣力，落入不斷繞著色調單一的狹窄通路奔馳的境地。

所幸越往前進，通道就變得較為寬闊。

「還沒到嗎～～？」

累死了。聽見小狂三喊累，以側面奔跑的兩張撲克牌回應。平面狀沿著牆面奔馳的模樣，有點像這世界絕大部分少女都討厭的「小強」。只有一點點像就是了。

『想成是到了便可！』

『請久等啦～～！』

似乎終於到了……不過，眼前還是幽暗的通道。說是到了，卻依然沒有盡頭。換句話說，這裡是通道而不是房間。

「這是怎麼回事？」

「——那是因為我們在逃亡呀，當然要偽裝。」

聽見這句話，小狂三嚇了一跳，舉起〈刻刻帝〉的短槍。

「沒看見人影」。

完全沒捕捉到任何蹤影，然而通道的正中央卻傳來了聲音。不對，就連現在也是只聞其聲，不見其人。

「妳在哪裡？回答我。」

「呵——我在這裡！」

通道突然扭曲。不對，是撤除了「原先是通道的東西」，周圍一帶轉變成純白耀眼的房間。

「不過是個魔術技巧罷了。歡迎光臨。精靈與她的隨從，以及——反抗那個白女王的偉人們啊！」

如此高聲吶喊後，鴿子立刻同時飛出，接著消失無蹤。兩張撲克牌發出歡呼。

那副模樣與其說美麗，應該說是不可思議。

大禮帽、不知用途的蝴蝶形狀面具，以及她手上的撲克牌。

「哎呀，所以第三領域的上一任支配者是魔術師啊。」

岩薔薇說完，笑容有些憨傻的少女點頭說道：

「沒錯沒錯，我的名字是凱若特．亞．珠也！『只是撲克牌、只是道具』。然後，呃～妳們是……」

凱若特探頭探腦地望著小狂三和岩薔薇。岩薔薇與小狂三四目相交後，一語不發地點點頭。只是變得幼小，擁有戰力的狂三，與外表保持原樣卻失去戰力的岩薔薇，當然前者才是本尊。

非得如此不可。

「是我。」

小狂三光明正大地挺起胸膛宣言。凱若特聞言，走到小狂三面前，單膝跪下，宛如畢恭畢敬的家臣。

「幼小的精靈啊，請您告訴我您的目的為何。」

「我是來打倒人的。」

「——打倒誰？」

這時必須口齒清晰，帥氣十足才行。小狂三做了一個深呼吸，慢慢吐出語句。

「當然是白女王。因為她和我是完全相反的存在。」

聽見這句話，兩張撲克牌表情一亮。凱若特也狂妄一笑，回答：

「那麼，我就成為妳的伙伴和手下吧。只要是為了等同於我們領域天神的妳。」

那副模樣與其說是魔術師，更像個騎士。

「為什麼要做到這種地步？」

小狂三顯露出不信任，心存懷疑。究竟是同伴，還是有所隱瞞？至少自己並不明白她為何甘願如此不惜奉上性命。

「正如同我剛才說過的，妳是等同於這個第三領域天神的存在。因此我相信妳是為了拯救我們脫離窘境，才來到這裡的。」

「……原來如此。」

這個動機還算可信。對凱若特而言，第三領域被奪走的屈辱難以計量吧。

想必能成為堅強的後盾。但是——總有些不對勁。凱若特的某個部分令小狂三有所質疑。

「……不需要成為我的『手下』。我已經不需要『手下』了。」

「……」

凱若特眉頭深鎖，表情一沉。小狂三朝她伸出手。

「不過，我們的目的一樣，讓我們並肩作戰吧。不是作為手下，而是以妳自己的身分一同戰

鬥。」

裝飾有點裝過頭了嗎？狂三在內心害羞得慌。

「謝謝妳，時崎狂三。真正的精靈啊，我們就結盟並肩作戰吧。話說，後面的兩位是——」

「她們分別是緋衣響，還有另一個『我』。」

「接下來……就由我來說明吧。聽口齒不清的『我』解釋，聽得我頭有點痛。」

雖然這話說得有點毒，但倒也說的不錯。

「我是緋衣響～～是狂三的……搭檔？」

「手下。」

「是的～～手下～～！」

響對小狂三尖酸刻薄的言行舉止一點也不感到灰心喪志。

「原來是使魔(Familiar)啊。我懂，我也有。」

「……竟然說我是家人(Family)……我果然是妹妹吧，狂三。啊，不過現在妳是小朋友，所以我應該是姊姊？狂三小朋友，要不要跟姊姊一起洗澡啊？沒問題，全部交給我來處理就好！」

「妳要是敢靠近我一步，我就開槍喔！我說到做到！」

小狂三毫不留情地亮出短槍。她深刻地感覺到要是讓響再接近自己一步，自己就會失去重要的東西。

◇

——總而言之……

「必須先讓我的身體復原才行。」

大概是習慣了自己變短的舌頭，小狂三說話流暢了許多。她注視著自己無法運用自如的〈刻刻帝〉短槍如此說道。這副身軀難以承受手槍的後座力。鏡子裡映出的自己很可愛沒錯，超級可愛沒錯……可是！

「很遺憾，我也贊同～～凱若特小姐，那個陷阱究竟是怎麼回事？」

凱若特歪頭思考。與其說是不想說明，看起來更像是不知從何說起。

「有些事從我的角度難以判斷，我先將領域的狀況從頭到尾說明一遍給妳們聽，可以嗎？」

狂三等人點頭同意，催促她繼續說下去。

「這個第三領域原本也跟第九領域一樣，是無害的準精靈用來避難的場所。因為我這個支配者能操作影子和時間，藏匿她們是輕而易舉的事。」

「說的也是～～不過也因為如此，沒有人會提防妳吧。因為妳出現都是為了拯救準精靈。」

聽見響說的話，凱若特搔了搔頭說：「哎呀～～真是害羞呢～～」

「這也沒辦法，就當作是出名的代價吧。因為這個弊端，導致這個領域在鄰界之中時間特別遲緩。」

「那扇門的陷阱也是其中一種嗎？」

「算是吧。因為她的支配率在這個領域算是神等級的。先不論其他領域，只要成為這裡的支配者，就能自由自在地操作時間。」

「……支配率？沒聽過這個詞呢，響～」

響聳了聳肩。

「第十領域與第九領域不太重視支配率。我也說不清，就省了吧。具體的說明就交給凱若特小姐吧～」

「最簡單明瞭的說明……就是將支配者統治領域到什麼程度換算成數值吧。也就是指能隨意玩弄支配的領域到何種程度的比率。」

之所以不太重視，是因為支配者受到眾人認可跟支配率沒什麼關係。第十領域的「操偶師」支配率約35％，但她卻靠這35％紮實穩固的領地完全統治了第十領域。再加上第十領域大部分的場所都成了準精靈互相廝殺的戰場，這也是原因之一。

順帶一提，從第九領域移動到這裡的小狂三她們並不知道，其實成為共同支配者的輝俐璃音夢與絆王院瑞葉的支配率超過80％……但她們是以演唱會來更換支配者，支配率根本毫無意義。

「像是第八領域現在似乎由支配率各為45%的兩大勢力在爭權奪勢。而接下來我要說的才是問題所在……」

凱若特嘆了一口氣，告知：

「我現在的支配率是5%，而我經過調查後發現白女王的支配率——『突破150%』。」

聽見這荒唐的數字，所有人目瞪口呆。

……最先挖掘出真相的是響。

「難不成，是『加上其他領域』的支配率……？」

「聰明。白女王早已對第九領域和其他各個領域出手了。」

「……原來如此，所以那個時候……」

響回想起在第九領域與ROOK交戰時，毫無徵兆地一瞬間現身的那個女王。當時她心想：簡直就像魔法一樣。是因為那個周圍已經變成白女王的支配領域了吧。

「她利用影子侵蝕領域，而且是不知不覺。第十領域、第九領域，再加上內亂中的第八領域戒備薄弱，她似乎以這些地方為重點來擴張領域。最麻煩的是，只要擁有一定的領域，那個白女王就能占地為王。」

「有對策嗎？」

「……幸好她只吸收了少許空無當她的手下。基本上，只要那三名幹部不採取行動，『她』

便不會在領域中出現。」

「關於第九領域，只要將這件事告訴璃音夢和瑞葉小姐，她們或許會想辦法解決。但第十領域該怎麼辦～～」

「……目前沒有餘力思考這個問題了，等逃出去之後再來想辦法吧。」

「說的沒錯。首先必須恢復她的時間吧。必須把被奪走的時間搶回來。」

「啊，狂三、狂三，要不要使用那個能讓對象的時間前進的子彈？」

「妳是指【三之彈（Gimel）】嗎？是可以使用啦……」

看來狂三的時間確實被奪走了沒錯。也就是說，她的時間被藏匿在某個地方。問題在於，使用【三之彈】會導致何種後果，況且也有可能無法恢復。

「就好比我用【四之彈】能讓時光倒流，治癒傷勢。但是憑我現在的力量，難以令人返老還童，也無法令人死而復生。如果真能使人返老還童，也必須改造〈刻刻帝〉才能做到吧。」

老實說，對她而言最害怕的是取回的時間和【三之彈】的影響，最後令狂三「增長歲數」。

如今還有好幾發無法使用的子彈，不知道它們會帶來什麼變化。

背負了所有風險，結果卻和「取回時間」的情況沒什麼兩樣。

「所以，時間與時間相加後，我很有可能會比原來的我大上一輪的歲數……我想想，可能會變成三十出頭的模樣吧。」

「年長的狂三，也就是人妻風…………啊唔！」

響噴鼻血倒地，不過小狂三決定當作沒看見。從她最後留下的那句話來判斷，肯定是在想什麼不正經的事情。

「當然，若是情況緊急時也顧不得那麼多了，但我還是想先從尋找我的『時間』這個方法開始。凱若特小姐，妳有什麼頭緒嗎？」

小狂三說完後，凱若特點了點頭。

「當然有。那個房間會奪走最先踏進室內的人的時間，同時也存在『累積奪走時間的房間』。我已經仔細調查過了。」

「那個房間在哪裡？」

「很遺憾，因為剛才的重組，不清楚目前的位置在何處。唯一能確定的是門上施加了謎語，還有像傑伯沃基那樣的守門人。」

「謎語嗎……？」

「嗯。撲克牌們是這麼報告的……那個謎語本身我也還不曾看過，因此是個謎。」

「所謂的守門人……果然是指改造空無的實驗體嗎？有沒有這方面的情報？」

『正是如此是也！那傢伙身分不明，奇怪得很！』

突然響起一道聲音，所有人回頭望去，只見黑桃撲克牌意氣軒昂地蹦蹦跳跳。

「嗨，妳回來啦，黑桃A。方塊9呢？」

『完成使命，壯烈犧牲了是也！』

「死、死了嗎？怎麼會……！」

響露出愕然的表情，但被稱為黑桃A的撲克牌少女卻一臉納悶地歪了歪頭，說道：

『這有什麼好驚訝的……是也？』

「啊啊，對了。我剛才沒有向各位說明她們的特性。」

凱若特「啪啦啪啦」地洗牌。儘管動作極為裝模作樣，但或許是因為她犀利的美貌與中性的打扮，全身上下散發出一種「令人不得不承認她真的很合適」的氣息。

她俐落地洗牌，從中抽出一張。

「這副撲克牌就是我的無銘天使，名字叫〈創成戲畫（Servante Ephemere）〉——能力是創造出她們。」

她輕撫位於旁邊的紅心少女的頭。

『請別讓人家害羞啦～～真不好意思。』

少女表現出可愛的回應，然而凱若特卻有些寂寞地注視著她。

「她們是我的軍隊，耗費我的靈力創造出的擬似生命體。能忠實地完成使命，卻完全無法溝通。」

「……無法溝通嗎？」

『正是如此是也。』『知道我們不懂感情便可！』『請恕我們只能回答提出的疑問～～！』

撲克牌們妳一言我一語地說道。聲音雖然高亢，聲調卻有些平板。

「從我的角度來看，狂三妳的力量才是異常。我是第三靈屬的準精靈，過去存在的其他第三靈屬同伴們當中，也有許多人利用『影子』這個基礎特性來製造分身。但那不過是誘餌、人偶的程度。就連我本人，也是耗盡全力才製造出這種能對答的分身。雖然情緒豐富地在活動，但終究還是機械式的。已經很厲害了。」

「……就是說啊。」

小狂三儘管點頭認同，卻感到苦惱。

分身無疑是時崎狂三〈刻刻帝〉最大最強的武器，而能製造分身的子彈是【八之彈】。不過在記憶欠缺後，不知為何也不能使用了。當然，也有其他不能使用的子彈，像是十一和十二之彈，連它們擁有何種能力都不得而知。

但是在狂三的心中卻隱約認定【十一之彈】(Yud Aleph)和【十二之彈】(Yud Bet)並「沒有問題」。雖不清楚能力為何，但唯一能肯定的是那不是自己該使用的子彈。

不過無法使用【八之彈】令人匪夷所思，是最致命性的缺點。

白女王那個反轉體擁有名為【天蠍之彈】的能力。三幹部——起碼ROOK的能力與自己旗鼓相當。

時崎狂三本來可以隨意使用分身，以壓倒性的數量力壓群雄。但如今的自己——

「我的軍隊只有三張也不好看，靈力也儲存好了，差不多該讓她復活了……」

「復活……？」

凱若特從洗好的牌中抽出一張撲克牌。是方塊9。

「那麼，方塊9，復活吧。」

凱若特用手指彈了一下抽出的撲克牌。「砰！」地發出拉炮般響亮的聲音，一名少女同時跳了出來。如方塊般紅色的頭髮，但是與剛才不同，出現的是一名綁著活潑馬尾的少女。當然，是平面的。

『我獲得新生嚕！在此登場嚕！』

「嗯，太好了。語尾沒有跟任何人重複到。」

「那重要嗎？」

小狂三有些傻眼地呢喃，於是凱若特表情誠摯地回答：

「要是沒有這些個性，我就想不起為我戰敗的那些伙伴了。」

「……」

氣氛旋即變得沉重，凱若特連忙接著說：

「別管這種事了。重點是妳的力量，妳的力量是勝利的關鍵。」

「我的力量也很重要沒錯——」

小狂三靈光一閃。她似乎一直在差遣這四張撲克牌，那麼應該也蒐集到了一些有關「她」的情報吧？

「……凱若特小姐，我有一件事想請教妳。」

「妳儘管問吧，我一定知無不言。」

「那個白女王——有製造過分身嗎？跟自己分毫不差，利用過去製造出來的分身。」

「沒有，雖然我只跟她交戰過一次，但她增加伙伴的能力稱為【天蠍之彈】。她不曾利用除此以外的能力增加伙伴。當然，那些跟她站在同一陣營的空無就另當別論了。」

「空無……」

「她們只是虛無，不管有多少人都不成問題。」

純真、無害又虛無，那就是名為空無的少女們。

不過——曾經身為那種存在的響早已對她們感到憂慮。

「白女王將她們變成怪物，而她們也心甘情願。那絕不是脅迫，而是領袖魅力，是信奉。」

對空無來說，白女王與其說是主人，更接近於神。

「所以我認為不可小看她們。」

「這種事我當然明白，用不著妳提醒。我也是有在奮戰的，跟無能為力的妳不同！」

「唔唔唔唔唔！」

「唔唔唔唔！」

凱若特有些不服、不滿地如此說道後瞪著響。響也不甘示弱地回瞪。明明是之後要共同對抗白女王的同伴，不知為何兩人卻莫名飄散出劍拔弩張的氣息。

小狂三拍了拍手。

「好了、好了，空無的話題就到此為止，離題了。回到怪物的話題吧。所以，那個我應該奪回時間的房間，守門人是誰？」

『不知是什麼鬼東西！』『玄之又玄！』『肉眼絕對看不見！』『無懈可擊！』

四張撲克牌陷入恐慌似的彎來彎去地舞動著。

「我只知道她的名字，叫『蛇鯊』。就是路易斯．卡羅著作裡的神祕怪物。」

在路易斯．卡羅的著作《獵鯊記》中，所謂的蛇鯊有五種特徵。

『吃起來脆生生的，有靈魂的香氣。』

『愛睡懶覺。下午五點吃早餐，隔天早上吃晚餐。』

『聽不懂笑話。』

『拖著海水浴用車。』

『有的長著羽毛，會咬人；有的長著鬍子，會抓人。』

『普通的品種無害，除了Boojum這個品種。』

說到這裡，響舉手發言：

「那個，不好意思，我完全不認識路易斯．卡羅耶。這不會太荒謬了嗎？」

「那是當然。」

小狂三回應。

「蛇鯊是路易斯．卡羅想像出來的虛構生物，舉出來的那些荒唐又幽默的特徵，是為了讓故事顯得有趣才特別寫的。我不覺得現實中的怪物會有這種特性。」

「真是慧眼獨具啊。簡單來說，『蛇鯊』與我們規定的存在是——『一無所知』、『毫無勝算』、『無影無形』……目前她們從未戰勝過『蛇鯊』，只是單方面遭受攻擊而敗北。我也曾與其交戰過一次，不過……連其身影都沒看見。」

「連身影都沒看見？受到攻擊時是什麼感覺？」

「像是挨打，像是斬擊，又像是槍擊，總之非常疼痛。我的靈裝算是防禦性滿強的……可是，也有被撕咬的印象。」

「就是說不清嘍。」

「沒錯。哎，真是丟臉。」

「不會、不會，別這麼說。『這個問題，我會想辦法解決的』。謝謝妳，凱若特小姐。我會打敗那個『蛇鯊』的。」

時崎狂三維持年幼的姿態，自信滿滿、抬頭挺胸地如此宣言。

——剩下 一小時六分鐘

◇

咚咚咚——有人輕輕敲打背部的感覺。想要回頭一探究竟的響聽見耳邊的呢喃聲後，僵住了身體。

（別動，也別說話。）

脫逃的分身岩薔薇挨近響，用手指敲打她的背。響一語不發地微微點頭。

（我不相信那個準精靈。）

響也用手指敲了敲岩薔薇的背，回答她：

（確實有一些令人存疑的部分……）

響也的確對凱若特有一些自己的看法。她的目的——恐怕是再次奪回這個領域吧。響也不是不明白她的心情。

只要是居住在鄰界的準精靈，任誰都耳聞過精靈的存在。應該說，靈魂自然而然會理解。

這個世界，曾經存在過精靈。

她們的力量是自己絕對望塵莫及，無限接近神的領域。

然而，現在的時崎狂三無法展露出那股力量，無法證明她就是精靈。光是有分身存在這一點，說不上是鐵證。

況且，甚至無法保證年幼姿態的時崎狂三與她身邊的時崎狂三是同一存在……所以，響認為要談信賴還言之過早。

當然，也許有些感覺是身為第三靈屬的她才會知道。搞不好是以第六感來感受應該稱為神的存在。

（總之，請小心。）

（我明白。）

「好了，響，來去狩獵蛇鯊吧。」

「啊，好的！不過，要怎麼狩獵？對方不是神祕的怪物嗎？」

『正是如此是也。究竟要用何種方法來討伐她呢？』

黑桃A說完，小狂三狂妄一笑。

「『不能用言語來說明啊』。對付摸不著底細的敵人，就要用摸不著頭緒的方式攻擊，這是鐵則。」

『？』『？？』『？？？』『？？？？』

四張撲克牌、凱若特和響同時歪頭表示疑惑。只有岩薔薇一人呢喃道：「嗯，原來如此。」

「不過，要用哪方面的攻擊方式？」

「那是我們的反轉體生產出來的東西。既然如此——應該就跟原作一樣吧。妳想嘛，反轉體的個性都很乖僻吧。」

「也對。」

「狂三～～狂狂狂狂三～～！不要妳們兩人自己解決，也告訴我們具體的事情啦～～！」

「各位只要幫忙尋找通往那個房間的門就可以了。還有，響，以後不要再用那麼莫名的方式稱呼我了。」

就這樣，四人與四張的奇妙冒險展開。目標是蛇鯊，狩獵蛇鯊。

○狩獵的優雅片刻

爬上樓，跑過走廊，最先遇到的是陷阱房。

正打算從開啟的門踏入室內的小狂三突然停下腳步。有種不祥的預感。室內沒有任何家具……純白的牆壁、純白的地板、純白的天花板……不對，仔細一看，天花板四角好像有點髒。

「……感覺飄散著危險的氣息呢。」

「那麼，讓撲克牌先走吧。我看看，紅心Q！」

『遵命～～！』

紅心Q輕飄飄地飛向天空，朝房間中央前進。

小狂三等人緊張地在門外觀察情況。微微的震動令響皺起臉，以為是地震而四處張望——望向上方，僵在原地。

「狂三小朋友！上面！上面！」

「別再這麼叫我了。所以，上面怎麼了……？」

斷頭臺般的鐵捲門落下。立刻向後躲開的小狂三沒事，但紅心Q沒有逃脫，被關在裡面。

「紅心Q！妳沒事吧？」

『沒、沒事！不過，請快點來救……呃，啊啊！天花板降下來了～～！』

「妳說什麼……！」

『嗚哇～～快停止～～！這、這樣下去，我會被壓死的……！』

小狂三、響和凱若特早已束手無策，只能眼睜睜看著事態繼續發展。降下的鐵捲門無法用撲克牌或子彈破壞。

『嗚嗚，我死了也請別為我哭泣。然後，請化為風守護著我～～……啊～～天花板、天花板～～……唔呀！』

不太傷感的遺言和哀號。

「紅心Q！」

凱若特大喊，同時鐵捲門開啟。

果不其然，看見變得扁扁的紅心Q。應該說，她原本就是平面的，所以幾乎毫髮無傷。

『我的鼻子快被壓扁了，請快救救我……』

「這樣便了事，妳就該偷笑了。」

「剛才的遺言是在說好玩的嗎？」

「果然沒事啊！雖然早就料想到了，還是被嚇了一跳！」

『人家一時驚慌失措嘛，請饒了我吧……』

紅心Q一副難為情的樣子用手摀著臉頰。

「不過，狂三，這該怎麼辦？我們大概會被壓死……」

「是啊。所以，要用跑的過去。」

「我不認為跑得過去耶……」

「動手腳讓我們跑得過去就好了呀，很簡單的。」

小狂三舉起短槍。

「【二之彈(Bet)】！」

小狂三朝天花板射擊放慢時間的子彈，朝房間中央奔馳。

「裝填下一發子彈。【七之彈】……！」

也許是發現小狂三的存在，對面出口的鐵捲門立刻往下降。不過，小狂三搶先一步射擊【七之彈】——停止時間的子彈。

「好了，各位，不快點的話，我可不管喲！」

聽見這句話，所有人連忙拔腿奔馳，穿過房間。

◇

來到的下一個房間沒有陷阱，但是一打開門，所有人嚇得呆站在原地。

不同於剛才，整個房間狹窄得令人窒息。然而室溫卻莫名地低，最大的特徵則是天花板垂掛的鎖鏈吊鉤上吊著一群空無。

一行人在入口處佇足。不過背後的鐵捲門早已完全降下，只能繼續前進。然而，懸掛的無數空無令她們不得不停下腳步。空無們一動也不動，右手拿著的不像是無銘天使，而是隨處可見的小刀。她們長相大同小異，難以區別。

表情空洞，有些無力地低垂著頭，有些則是抬起頭。老實說，畫面十分驚悚。

而且有一個問題。這個鄰界並不存在所謂的屍體，死後只會化為光消失。換句話說，她們所有人應該都還「活著」，或是雖死猶生……也就是所謂的活屍。

響嚥了一口唾液，緊貼著小狂三。

「狂三小朋友，空無很好對付吧？對吧、對吧？」

「別那樣叫我，要我說幾次啊……總之，沒錯，不費吹灰之力就能輕鬆取勝。」

「既然這樣……」

「不過，響妳也能輕鬆取勝吧？小事一樁對吧？沒問題的，我的朋友，我相信妳～～」

「只有在這種情況下才承認我是妳的朋友嗎！凱若特小姐，妳能輕輕鬆鬆地打敗她們吧。畢竟妳是前一任支配者嘛！」

「別說什麼前一任，真失禮呢，緋衣響。總之，那個，該怎麼說呢……感覺這些空無……搞不好是我以前的朋友……啊啊，我真的不忍心攻擊她們啊……」

「突然表明沉重的過去，根本是在胡說八道吧！我絕對不要喔！這裡完全是鬼屋吧！是我不擅長的領域！」

「妳說什麼，緋衣響！身為一名侍奉精靈的準精靈，妳就沒有自覺嗎！真令人羨慕啊！」

「誰侍奉她了呀～～！我跟狂三是同生共死的好伙伴～～！」

「啊啊，真是的，由我出馬吧。我總不會輸給這些一動也不動的空無吧！」

「……狂三小朋友，妳這句話強烈地有種會一語成讖的感覺啊！」

「給我閉嘴！我上嘍…………我要上嘍！」

小狂三做了一個深呼吸，同時踏出一步。「喀」的一聲，響起腳步聲的瞬間，空無活屍（假名）同時望向小狂三。

「噫！」

小狂三不禁發出尖叫。當然開槍射她們就好，但不知為何，總感覺開槍反而會導致事態更加

惡化。

（狂三小朋友，妳還好嗎～～！）↑比手畫腳

（我沒事！待在原地不要動！我來確保通行路線！）↑比手畫腳

所幸，她們沒有靠近小狂三，只是目不轉睛地盯著她。感覺她們的黑眼珠特別大，真是可怕得要命。

時崎狂三早已習慣別人注視自己的視線，但如此冷若冰霜的視線還是前所未有的體驗。

就好比被無數食人鯊凝視一樣。小狂三下意識地屏息慢步……慢步……鼻子……好癢……

「哈啾！」

小狂三這可愛的噴嚏一打，彷彿爆發了什麼似的，空無群開始活動，高舉手上的小刀，同時朝她攻擊而來。她們的動作總有些不像人類，宛如人偶自己動了起來。

「呀————————！」

小狂三發出尖叫，擊發〈刻刻帝〉的短槍。一名空無的頭被轟飛，照理說這一擊的威力足以讓她連同靈裝一起消滅。然而空無，更正，是空無活屍卻不把這致命傷當作一回事，失去頭部依然胡亂揮舞小刀攻擊。

好痛，應該說恐怖至極。

「混蛋……！」

「我、我來幫忙！」

「我們也來！」

「我就不了……」

思考終於跟上事態變化的響、凱若特，以及撲克牌也踏進室內。空無活屍旋轉頭部，上前迎擊。

空無活屍群宛如定格播放的人偶，動作生硬地看誰在眼前活動、發出聲音就砍誰。

「腳！瞄準她們的腳！」

凱若特用撲克牌割斷她們慘白的腳。但是她們絲毫不介意，跳起來執著地追擊小狂三她們。

「這是怎樣，這是怎樣啊！」

響淚眼婆娑，揮舞著自己的無銘天使〈王位篡奪〉，拚命擊退活屍。

「這些空無好強啊……！」

「不應該說強，而是煩！」

說是不死之身，聽起來倒好聽，但這已經算是昆蟲了吧，甚至開始自相殘殺了起來。小狂三背後被砍了一刀，痛苦地發出呻吟，好不容易確保前往下個房間的路線。

「【一之彈】！」

她朝自己開槍，用力踩著蜂擁而上的空無活屍們的頭，一口氣跳到逃生口。確保背後安全的

小狂三開槍擊碎朝跌倒在地的響高舉小刀的空無活屍的身體。

「還好她們不會流血，換作現實的話，根本超血腥的！」

「少廢話，快點到這裡來！」

聽見小狂三說的話，響連忙匍匐前進，爬著跟小狂三會合。

「響！去查查看門後有沒有什麼！」

「……門後是走廊，沒有什麼東西！」

響打開門後大喊。

「凱若特小姐！讓撲克牌去搬運岩薔薇！」

「好！黑桃Ａ！方塊９！去帶她過來！」

『遵命是也！』『了解嚕！』

「有勞妳們了。」

岩薔薇被兩張撲克牌扛著，浮在半空中前進。空無活屍也對她進行攻擊，不過遭到抵達出口的小狂三和借用〈刻刻帝〉長槍的響一一擊落。

凱若特打開門，紅心Ｑ和梅花４站在小狂三她們的前方，拚命保護開槍狙擊的兩人。

一隻空無活屍抓住了黑桃Ａ的邊緣。

『唔……方塊９！我先脫隊，之後的事情就交給妳了是也！』

黑桃A如此告知，將岩薔薇交給方塊9後便砍向抓住自己的空無活屍。

『交給我嚕！』

「黑桃A！有辦法過來嗎！」

『恐怕是沒辦法了！在下就在此離隊，就此拜別是也！』

「……嗯，我知道了！謝謝妳至今的奉獻！」

『這是在下的宿命是也！無須放在心上！』

這時，小狂三和響確實看見了黑桃A的臉上流下些許淚水。不過，那只是剎那間發生的事。

小狂三、響和被搬來的岩薔薇同時被擠往走廊，門則像是要抵禦蜂擁而來的空無活屍般關上。

狂三、岩薔薇和響一臉尷尬地沉默不語。

「黑桃A……發出的語尾最好分辨了耶……嗚嗚！」

「這是現在該說的話嗎！」

『是～～也～～』

就在響出聲吐槽時，撲克牌的牌角被撕掉的黑桃A從門縫爬了出來。

『……在下本來以為會慷慨犧牲！不好意思，還是保住了一條命是也！只是邊角破掉了而已是也！哎呀～～妳白哭了呢，主人！』

「喂，把我的眼淚還給我！還給我！妳們每次告別都搞這一齣，會害我欲哭無淚！」

凱若特真的發飆了。

——剩下　四十七分鐘

◇

一行人在走廊上奔跑——半途遇見疑似在巡邏的空無，毫不猶豫地除掉她們。

雖然不知道剛才那些空無活屍是心甘情願還是被迫變得那副德性，但是在她們容許那個房間和傑伯沃基的存在時，這個第三領域的所有空無就是時崎狂三的敵人。

由於所有人一起行動，難以掩飾行蹤，因此讓偽裝成天花板或牆壁的撲克牌們打頭陣，極力避免戰鬥。即使無奈之下必須戰鬥，也盡可能迅速、不引起騷動地殺死敵人。幸虧凱若特的無銘天使〈創成戲畫〉能當作投擲武器來使用，而且不會發出聲音。

「只要不遇到三幹部，我也是能像這樣殺人於無形之中的。」

她如此說道，瞬間葬送空無的性命。

老實說，響覺得凱若特很強，跟那個蒼是不同層面的強。蒼的強是在正面對決，能以驚人的破壞力葬送所有妙計。

而凱若特則是強在出奇致勝。利用手下撲克牌追擊讓對手混亂，像變魔術一樣消失又出現。響發現她的強和時崎狂三是屬於同樣性質。

以前響在第十領域安穩度日時，曾聽共同生活的陽柳夕映提過有關第三靈屬準精靈的話題。

——嗯，確實是很弱。我有信心打十次，十次都能贏。

——不過，難講喔。該怎麼說呢？第三靈屬的準精靈和其他準精靈不一樣，深不可測。我偶爾會想，如果她們的能力再磨鍊一下，搞不好下次輸的就是我了。

——不知道會發生什麼事，這種忐忑不安的感覺……有點令人上癮呢。

凱若特身為第三靈屬，第三領域的支配者，實力確實強得深不可測。這一點令響有種莫名的突兀感而心生不安。

『請找我～～！啊，不對！請給我找到了～～！』

「真是囉嗦耶……」

紅心Q似乎發現了門，輕盈地舞動著。

「謝謝妳，紅心Q。」

「好了，先打開門——哎呀？」

打算握住門把的小狂三停止了動作。

「怎麼了？」

「……沒有。」

響看了門，也發現問題的癥結所在。那扇門在純白的走廊上顯得格外醒目。蒼白色的天文鐘（未運轉）占據了門的上半部，門的下半部則刻著文字。還有一個重點。

「沒有……門把。」

那扇門沒有開門所需的門把。

「那麼，關鍵就在於那邊的文字嘍。」

狂三指著門下半部所刻的文字。內容如下：

「紅、黑、藍、白，既是也非。」

「概念、概念，只是概念。既無法掌握，也無法觸碰。」

「那就是前往蛇鯊之門。只需命中其一，否則將受到懲罰。」

「我可以判斷這裡……就是蛇鯊所在的房間吧？」

從響的角度來看，除了蛇鯊這個詞彙之外，她根本看不懂其他文字的意思。撲克牌們似乎也和她一樣，全都歪著頭，滿頭問號。

凱若特說道：

「我知道謎底是什麼……但還是不知道要怎麼打開門。」

「咦？妳已經解開謎題了嗎？」

「是啊，很簡單的。」

「簡單？」響如此呢喃，再次仔細琢磨文章。

……老實說，她根本完全參不透。大概是感受到她的焦躁，岩薔薇輕輕戳了戳她的背，告訴她謎底。

（是天空啦。）

「……噢，天空！」

「沒錯，就是天空。」

黃昏是紅色，晚上是黑色，早上是藍色，下雪是白色，以時間變化則以上皆非。

謎底是簡單沒錯，但接下來才是難題。

假如這就是答案，那麼所謂的命中天空又是什麼意思？

「唔……」

小狂三沉思片刻，將視線停留在天文鐘上。或許是因為能夠操縱時間，時崎狂三對時鐘瞭如

指掌。根據自己的知識，天文鐘有各式各樣的形狀，並非有一定的造型。

唯一固定的是，一定擁有能測量黃道十二星座或月齡、太陽等天文項目的機能。這是當然的，要不然就只是普通的時鐘，而不是天文鐘了。

而這座時鐘除了時間以外，錶盤上還描繪著黃道十二星座。

牡羊座、金牛座、雙子座、巨蟹座、獅子座、處女座、天秤座、天蠍座、射手座、摩羯座、水瓶座、雙魚座……似乎沒有蛇夫座。

命中天空，應該是指從這之中選出一個吧？

但是，沒有提示。

「文章最後的懲罰，只有不祥的預感呢……」

「不過，出這道謎題的用意究竟是什麼？」

倘若是重要的場所，只需增加護衛嚴加戒備就好。然而卻設立一道謎題，置之不理。

雖然不清楚它的用意，但首要之務是解開這道謎題。

第一行是指天空，第二行是天空的提示，第三行是選擇錯誤會遭受到的懲罰。

因為簡明扼要，並無思考的餘地。

「響、凱若特小姐，還有『我』，如果妳們有想到什麼，儘管發表意見。」

「嗯……凱若特小姐，妳有什麼看法！」

「第二行是不是有其他意思呢……」

「真要說的話，第三行也是啊。」

第一行指的是天空，這一點絕對沒有錯。那麼把第二行和第三行的文章拆解，看有沒有關於星座的提示好了。

完全沒有提到動物——先刪去牡羊座、金牛座、巨蟹座、獅子座、天蠍座、摩羯座和雙魚座。剩下的是雙子座、處女座、天秤座、射手座和水瓶座。

「沒有成對的詞句呢。」——先刪去雙子座。

「也沒有指示女性的詞句。」——刪去處女座。

「天秤的話，就是秤錘，或是平衡、傾斜……都沒有耶。」

「射手座與水瓶座……沒有意指天空的文句，表示弓箭的文句也……」

……說到這裡，小狂三和岩薔薇同時指向一個詞彙。

「有了。」

命中，這詞彙無非是表示弓箭。

「那麼，是射手座嘍——」

小狂三如此說道，慢慢伸出手指——快要觸碰到射手座時，響大喊：

「等一下~~~~！」

她連忙抓住小狂三的手指，一把拉了回來，力道大得都快折斷手指了。

「痛痛痛！妳做什麼呀～～～～！」

「第二行！仔細看第二行！『既無法掌握，也無法觸碰』！

不能直接觸碰射手座的圖案！」

聽見這句話，小狂三也連忙後退。響說的沒錯，不能觸碰射手座的圖案。

要不然，第二行就不具太大的意義。照理來說，第一行根本不需要提示。

「若是禁止掌握和觸碰，那要怎麼樣——」

面對凱若特的提問，小狂三這才總算看穿一切。

「那就只能『射穿』嘍。」

小狂三握住短槍，優雅地舉起，魅惑一笑。

目標是天空中閃耀的射手座圖案。命中那不能掌握亦不能觸碰的圖案。

扣下扳機。

子彈沒有觸碰到其他星座，只射穿射手座的圖案。隨後，沉重的鐵門發出聲音，開始震動。

「太好了～～！」

「別高興得太早，緋衣響。接下來可是要狩獵『蛇鯊』，給我繃緊神經。」

「唔……妳、妳說的沒錯。提起幹勁吧！」

響聽了凱若特這番勸戒，重新握拳。這時，依舊一臉疲憊的岩薔薇舉手說道：

「那個，不好意思，這裡讓我們自己去吧。可以吧，『我』？」

「……哎呀、哎呀，妳確定嗎，岩薔薇？妳要跟去，我是無所謂啦。」

「因為是我，才能理解『我』想要採取什麼手段。比起一個人，還是兩個人行事比較方便吧？我好歹也得立下一點功勞才行。」

「哎呀、哎呀，妳能這麼想真是太好了。」

「是啊、是啊。那我們走吧，『我』。」

「響、凱若特小姐，妳們兩人留下吧。」

響和凱若特兩人目瞪口呆。

「只有妳們兩個人去嗎？」

◇

——雖然很突然，要不要來聊聊妖怪的話題呢？

小狂三開口說道。岩薔薇愉悅地嘻嘻笑道：「請便。」

小狂三點了點頭，毫不畏懼蛇鯊應該早已存在的這個房間，開始滔滔不絕地說：

「妖怪摻雜了許多傳說和信仰，但說穿了也不過是一種『現象』。並不是因為作惡多端，而是因為『背負汙名』才成為妖怪。」

「換句話說，是受害者創造出妖怪嘍。真是深奧的言論啊～～」

室內不知是何種現象，呈現一片繁星熠熠的夜空，地點則是樹木鬱鬱蔥蔥的森林地帶。小狂三心想大概會跟花田的天空一樣，即使飛翔也只會被某種東西阻擋下來吧。

靜謐的空氣，好似摩娑全身般令人不快的寒氣。岩薔薇少了響的支撐，走起路來想必很辛苦吧，只見她倚靠在一棵樹上。

兩人理所當然地感覺到確實有人存在，卻不見蹤影。而且也清清楚楚地明白她的感情。

「畏懼我吧」。

能感受到她的氣息，卻看不見身影；聽得見動靜，卻捕捉不到影蹤。甚至能聽見她的嗤笑聲。而且，能感覺到她一點一點慢慢地在靠近。

……不過，小狂三和岩薔薇既不慌張也沒有舉起槍，而是悠閒地繼續交談：

「比如說，在乾燥寒冷的土地上颳起了旋風，行人的皮膚不知不覺地受傷了——光看這一點會覺得非常不可思議。不過，若是冠上鎌鼬之名，『雖然駭人，卻不再覺得不可思議』。而進一步剖析，理解事情的原理後，甚至也不覺得恐怖了。」

因為那既不是鎌鼬，也不是什麼神祕的東西，只是常見的自然現象，並非神明發怒或是佛祖降罪。

「為玄妙、不可思議、難以理解——『未知的事物』取名。不過，『蛇鯊』卻恰恰相反，因為所謂的『蛇鯊』只是想像出來的怪物或妖怪。由於是虛構的存在，只能說『難以預料會發生什麼現象』。因此在這裡，『我們所說的話便會成真』。」

也難怪凱若特和她的撲克牌手下們會吃敗仗。

她把「蛇鯊」當作未知的恐懼來看待。搞不好有如此吶喊：

「看不見蹤影！」「攻擊招式不明。」「不知道會從哪裡襲擊過來。」以及最重要的一點，「無法打贏。」

只要將這些思想深植心中，「蛇鯊」便會以這些概念來行動。化為隱形、不明、未知、所向無敵的怪物……相反的，只要照規則走，一切便能迎刃而解。

「岩薔薇，我們走吧。」

「好的、好的。隨時都能出發，『我』。」

凌空躍起的小狂三天不怕地不怕地旋轉著大聲宣言：

「一次高誦確定，二次高誦鎖定，三次高誦成真！」

「『蛇鯊』在這裡，就在這裡。當然，絕對是肉眼所能看見。對吧，『我』？」
「是的、是的，那是當然。『蛇鯊』就在這裡。不會跳、不會飛，動作慢吞吞的，就在我們的面前！」
「低能『蛇鯊』！廢物『蛇鯊』！孬種『蛇鯊』！」
「無所事事、無能無謀、無恥無知、無地自容！」
「事到如今，『蛇鯊』早已不可能成為Boojum！」

——瞬間，魔法解除。

一名無臉少女怯生生地癱坐在地。理應是人稱「蛇鯊」、受人畏懼、所向無敵的少女，如今卻一臉茫然。雖沒有五官，卻如實地透露出焦躁的情緒。
「怎麼會……為什麼……」
小狂三冷酷無情地告訴她：
「妳所崇拜的白女王心裡在想些什麼，我可是瞭如指掌。因為她雖然是反轉體，畢竟還是『我們』啊。既然知道『蛇鯊』的存在，怎麼可能不重現呢？」
無知便能永遠無敵的概念。對理解這個習慣、特性的她來說，是絕對能勝利的簡單招式。確實適合作為守護儲存時間的看門人。

「我跟妳無怨無仇。妳也是吧。不過，既然妳加入了白女王的陣營，就是我的敵人。好了，把我的時間還給我吧。」

「……！」

不知是打算逃之夭夭還是正面對抗，只見「蛇鯊」張牙舞爪。不過子彈比她快了一步。

挨了一槍的「蛇鯊」發出哀切的聲音說：

「……為什麼……要跟女王作對……反正妳們……遲早……都會喪命……」

小狂三聞言，冷笑道：

「我們知道自己的命該怎麼用。」

再次射擊。

無敵的「蛇鯊」死亡後，夜空和蒼鬱的森林立刻消失，反倒出現無數的時鐘。鬧鐘、座鐘、掛鐘、沙漏，甚至是手錶，彷彿聚集了這世上所有種類的時鐘。

岩薔薇有些搖搖晃晃地站起來後，以開心得顫抖的聲音吶喊：

「啊啊、啊啊，太好了。找到我們的『時間』了！」

「這些全都是……『時間』嗎？」

假如真是如此，未免也太龐大了。倘若一個時鐘代表一人份的時間，那麼這間倉庫保管了數

千多人的時間。

「不管白女王在謀劃些什麼，這下子換我們占上風了。因為對她來說，『時間』也是一種力量。」

岩薔薇寵愛似的觸摸一個又一個時鐘，幻想般呢喃：

「那麼，問題就暫且解決了呢。這樣看來，解謎還比較困難。去把響她們叫來吧。」

「……『我』，可以給我一點時間嗎？」

聽見岩薔薇說的話，依然維持年幼姿態的狂三納悶地歪了歪頭。

「有什麼事嗎？」

「不好意思，其實這才是我的目的。我想要能跟妳兩人單獨談話的機會。」

「是無所謂啦……」

狂三聳了聳肩；岩薔薇誠摯地朝她點點頭。她的眼神如同自己的一樣，有些冷靜而冷漠。

「我們不該存在於這個鄰界，知道嗎？」

「……妳想說什麼？」

岩薔薇的話語當中有著彷彿不斷玩弄刺進胸口的利刺一樣的疼痛。

「正如同我說過的，我們的目的是『打倒初始精靈』。這一點我絕對不能退讓。妳明白吧，『我』？」

「當然明白、當然明白。所以我才要走遍鄰界——」

走遍鄰界，再見那個人一面。狂三頓時強忍住這個念頭。

「那麼，請妳不要對緋衣響小姐投入太多的感情。」

「……為什麼？」

「我們是精靈，而她是準精靈。這是難以反抗的差距，更何況她是『外人』。妳明白吧，『我』？」

「或許是這樣沒錯，但我和她一起出生入死了好幾次。」

「『即使總有一天會分離』？」

……這種事我當然知道。狂三本來想如此反駁，卻在岩薔薇真摯的眼眸注視下屏住呼吸。

「交了朋友，就會產生情分。這件事總有一天會以最惡劣的形式讓妳陷入生命危機。」

狂三認為岩薔薇說的話肯定沒有錯。緋衣響是第一個，至少對自己而言也是第一個願意與自己並肩作戰的異類。

「……可是我……我絕對不會忘記自己的夢想和目的。」

「那就請妳注意別言而無信。我們不過是——暫住在這個世界的人罷了。」

狂三說的沒錯，這個世界對時崎狂三而言，不過是暫住的地方。

但真要這麼說的話，這個世界——又是屬於誰的呢？

「準精靈到底是何種存在?岩薔薇妳知不知道什麼關於她們的事情?」

「我受到拷問時，曾經聽過空無有幾次在白女王面前談論她們的境遇。根據我偷聽到的，似乎不像是幽靈。」

「我想也是。假如這裡是死後的世界，只有跟我年紀相仿或是比我小的女生存在，未免也太奇怪了。」

「是很奇怪沒錯……」

據說這裡曾經有精靈存在。

之所以沒有人談論那個時代的事，是因為沒有人知道，還是避而不談呢?

「不過，她們確實不是純粹的精靈，至少是基於某種契機才從現實來到鄰界沒錯。」

確實如此。

響也提過幾次，「自己曾經是響的時候」，似乎也有幾名準精靈提過這回事。

「有人希望逃到外界，也有人不希望……我在想這應該跟意志無關。從現實飄流到鄰界的她們，只是隨機被選中的。」

「……可是，這究竟是……」

「而她們在這裡生活，架構出世界，以支配者為頂點，分割成十個領域。換句話說，那應該稱為『社會』。而我們是那個社會上最糟糕的異物——『神』。」

這句話毫不留情地剜挖時崎狂三的心。

岩薔薇看著受到衝擊的狂三，淺淺一笑說道：

「——沒錯。所以，神就要有神的風範，『我』。」

——剩下　二十九分鐘

◇

總之，是確保安全了。狂三把留下的響和凱若特叫進室內。響有些不服地嘟起嘴。

「太慢了吧～～！」

「真的太慢了。跟緋衣響一起留下的這段時間實在是尷尬得不得了。」

「……我可不負責妳們兩人的人際關係。」

「話說，妳還維持這副模樣嗎？我還以為妳鐵定已經恢復原狀了呢。」

「對了、對了，我想請教妳……要怎麼復原啊？」

大事不妙。

竟然沒有一個人知道恢復原狀的方法。

「這之中，大概有一個是狂三被奪走的時間吧……」

無數的時鐘、時鐘、時鐘。

「……那麼，該拿這些時鐘……怎麼辦呢？」

「通常這類東西只要破壞就能解除封印……」

「感覺好像可行呢～～怎麼樣，要不要一個一個試試看？」

「我考慮了很多，似乎沒有其他方法了……」

「那麼，我來當實驗品吧。反正我也一樣必須取回我的時間。」

岩薔薇走了過來，隨便抓起一個時鐘就用力砸向地板。從中漏出的白煙環繞住她，像被吸收般消失無蹤。

「怎麼樣？」

「……我，可以將〈刻刻帝〉借我一用嗎？」

岩薔薇舉起小狂三遞給她的短槍，利用扳機的部分轉了一圈手槍後，瞄準目標，射擊。

一聲巨響。子彈沒入牆壁，擊得粉碎。

「力量還沒有完全恢復……不過，看來這個方法是正確的。」

聽見這句話，所有人鬆了一口氣。

「那麼，我也來……！」

小狂三立刻破壞手邊的時鐘。用力吸進白煙的她隨著「砰」一聲毫無緊張感的聲音，「從約七歲的美少女變成十歲左右的美少女」。

狂三清了清喉嚨，回頭露出天使般的微笑。

「如何呀？」

「楚楚可憐。」「照相機！照相機！快拿照相機來～～～！」「啊……請妳照照鏡子。」

三人三種不同的反應。狂三利用製造出來的鏡子確認自己的容貌，理解自己只增長了約三歲後，捲起袖子，破壞下一個時鐘。狂三推測這次應該可以成長為十三歲左右，沒想到卻是大錯特錯——

變成了五歲。

呈現出來的是剪了妹妹頭的時崎狂三。

「竟然倒退了！」

「我的狂三，露出一個天使般的微笑吧……」「緋衣響的表情不妙喔，撲克牌們給我拚死阻止她！」「哎呀哎呀，也會有時光倒流這回事啊。是搶奪的時間方向性不同嗎？看來必須順利找到剛剛好符合的時間才行呢。」

狂三連忙尋找幾個感覺很像第一次破壞的時鐘，抓到哪個就破壞哪個。

「七歲！」「十歲！」「十一歲左右……？」

破壞了三個，仍無法擺脫小學生的樣貌。焦急的狂三用〈刻刻帝〉破壞了一個特別大的時鐘，一口氣吸入它自然產生的白煙。

「快、快拿智慧型手機……來拍照……」

緋衣響已經被狂三可愛的姿態迷得東倒西歪，儘管搖搖晃晃，還是拿出手機啟動拍照功能。

這次會變成幾歲呢？

十二嗎？十四也不錯。國中生手腳修長，還分不清是少年或少女的微妙年紀，這樣的狂三簡直是太迷人了。

響思考著這種事，觀察狂三吸入白煙後的變化。這次身高一口氣抽高，接近十七歲。

「……終於恢復原狀了嗎……」

比平常還要慵懶的聲音。響的腦內發出緊急警報。不行，不能看見現在的時崎狂三。要是看了，自己肯定會死掉。興奮而死。

「怎麼樣啊，響……」

不過，響聽見呼喚，反射性地回望狂三。就連回到十七歲，也成長為原本豐腴的四肢變得更加肉感而絕不下流，一頭大波浪的長髮。

老實說，就是人妻，而且大概是丈夫早死而無助不安的那種感覺。讓所有年代的男人為之瘋狂的感覺，似乎非常適合穿圍裙。

「唔噗！」

「七孔噴血！」

響凝視著連忙衝向自己的時崎狂三（二十七歲寡婦），心想：

這個人一旦長大，勢必會成為光是存在於某處就足以迷惑男男女女的超級惡女。

◇

歷經波折後，狂三總算恢復了原本的姿態。響咬緊手帕，流淚說道：

「嗚嗚，年幼嬌小又可愛的狂三，再見了……」

「妳要是再敢說出這種話，我就揍扁妳喔。」

「然後漂亮美麗又可愛的狂三，妳好！」

「很好。以後就這樣稱呼我吧。」

「可以嗎？這樣妳接受？」

面對岩薔薇的指摘，狂三選擇左耳進右耳出。

「對了，岩薔薇，妳也恢復力量了吧？」

「是啊，雖然不如『我』，但起碼戰鬥不會吃敗仗吧。」

「即使是和白女王交手？」

岩薔薇一臉傷腦筋地莞爾一笑，搖了搖頭。

「很遺憾，由於『我是分身』，並沒有那麼強大的力量。」

原來是這樣啊——狂三表示理解。儘管內心深處總感覺有哪裡不對勁——但因為太過害怕一探究竟，便逃避不敢正視。

「好了，先不管這個了。凱若特小姐，我恢復力量了。既然白女王不在，正是奪回這個領域的好時機。妳說是吧？」

凱若特點頭，高聲宣言：

「謝謝妳，時崎狂三。我會把這個第三領域搶回來的！」

語畢，大地又開始震動。

「……該不會，又來了吧？」

「不對，不可能這麼快又重組。這難不成是……」

「鄰界編排——！」

當位於另一個世界的精靈懷抱某種強烈的情感時——

便會化為記憶之柱，呈現在這個鄰界。有令人煎熬得無法再次歌唱的記憶，也有熱情得令人墜入情網的記憶。

「各位，妳們沒事吧～～？」

「沒事，似乎非常接近，不過……等一下，妳要去哪裡！」

狂三莫名其妙便邁步狂奔。她明白精靈的記憶不等於「那個人」的記憶，也明白有可能是痛苦的記憶。明白歸明白，腳步卻停不下來。

就算是記憶也好，不是自己……也罷。只要有機會見到那個人的身影，能在記憶中和那個人相逢——她便義無反顧地奔跑，全力奔馳。

擋住她去路的空無就踹倒，其他大部分的空無則不予理會。聽聲音是在附近。狂三破壞一個個長廊上多得令人頭暈眼花的門，確認房間裡面。

這裡沒有，這裡也沒有，沒有，沒有沒有，沒有，沒有，沒有，沒有，全部落空……！

最後一扇門，很眼熟。正是那扇陷阱之門。狂三當然是用〈刻刻帝〉破壞它。

房間裡有的是之前那個巨大的集合體傑伯沃基，以及——

「不要觸碰那些柱子！」

正打算伸手觸摸柱子的傑伯沃基回過頭，複數的眼睛與狂三的視線相交。

「……我再說一次。聽清楚了，不要觸碰那些柱子。否則，『我會將妳大卸八塊』。」

與其說忠告，根本是單純的威脅。

「哎呀。」

「哎呀、哎呀、哎呀。」

「淒慘的敗犬又來了呀。」

「正好省得我們去找她！」

傑伯沃基嘻嘻訕笑。狂三手扠著腰，露出狂妄的笑容說：

「我可沒空理妳。對我來說，那個『記憶』比任何事來得重要。妳要是敢再伸長手——」

看來傑伯沃基沒打算把話聽完。她一口氣撲向狂三。

「……把目標轉向我倒是還能原諒。」

狂三啟動〈刻刻帝〉，背負著巨大的時鐘，用短槍朝自己射擊【一之彈】，高速飛翔，同時朝傑伯沃基伸出的手臂發射長槍的子彈。

逐漸粉碎的手臂，瓦解的肉體。變得四分五裂的空無們瞬間出現又旋即消失。

白女王製作的低俗空無集合體，以少女的肉體建構的巨人。那就是傑伯沃基。

不過——

狂三並不同情她們。應該說，正因為真的同情她們，才迅速給予致命的一擊。她們的人生早已終結。在成為這個傑伯沃基時，侍奉白女王時，就已經終結了！

「混帳啊啊啊啊啊啊……！」

狂三破壞大喊的她。

徹底、毫不留情地破壞。

看在旁人的眼裡，應該能發現憎惡以外的情感吧。成為這種怪物，她們真的開心嗎？其實心中是對成為這種「愚蠢」的東西感到恐懼吧？

要是走錯一步，「她」應該也會成為這個怪物的一分子——

時崎狂三絕對不容許這種事發生。

不過，過度的憤怒與使命感令狂三犯下錯誤。

「沒辦法了！沒辦法了！」

「既然走到這個地步，只好提早了！」

「為了解決反抗白女王的亂黨！」

「女王一定會非常開心！誇獎我們一番！」

巨人變形了。

「什麼……！」

純白的巨人化為一條白龍。張著巨大的下顎，長長的脖子在周圍環繞——與狂三視線交錯。

「……！【一之彈】！」

反應慢了一拍。白龍吐出的火焰直接擊中狂三，靈裝燒燬，狂三被震飛到牆壁上，還未落地，傑伯沃基的鉤爪便一把抓住狂三。

「混帳……！」

狂三全身骨頭嘎吱作響，末端的骨頭早已龜裂，教人差點昏厥的劇痛令狂三徹底無力反抗。

「為了白女王！」

「為了白女王殺戮！」

「為了白女王殘暴！」

「白女王重視的這些柱子！」

「也要好好地保留起來！不過，好想體驗一次看看啊！」

「想見見那個人！白女王每次呢喃都會羞紅臉頰的那個人！」

剎那間，劇痛遠離。

「……妳剛剛說什麼？」

狂三用子彈射擊抓住她身體的手指。

「『羞紅臉頰的那個人』？那個白女王偏偏……『打算對我的他出手嗎』？」

腦中有某種東西斷裂。狂三毫不留情地射擊傑伯沃基的眉心、眼球和口腔內，傑伯沃基因此退怯。狂三舉起長槍，敲碎她的下顎。

「這些柱子，是屬於我的。」

狂三趁著傑伯沃基發出哀號按住下顎時，將手伸向柱子。無論是何種記憶、回憶都無所謂。

遭到責罵也無妨，呢喃愛語也沒關係。

自己是真心這麼想的。

◇

精靈大多缺少記憶，或是記憶模糊，也存在許多痛苦的記憶，比如社會的惡意或是充滿殺敵信念的殺意。不過，自從遇見某位少年，便一下子湧出喜悅的記憶和感情。

加上這次位於第三領域，因此奏效了吧。

她所體驗的是「時崎狂三」的記憶。

回過神後，發現那裡是個小房間。從掛在衣架上的學生制服來判斷，應該是男性的房間。感覺有點寒意……應該說，是非常、超級、無比寒冷。

搓揉著凍僵的指尖。那雙手十分眼熟。

（這該不會是……我吧？）

雖然靈裝不同，但那指尖無庸置疑是自己的。自己在窗戶玻璃上隱約映照出來的臉，也的確是時崎狂三的五官。

換句話說，這是——

（我喪失的記憶嗎……？）

冷靜思考過後，發現那是不可能的。考慮到這個鄰界編排的原理，便能立刻理解她的結論不符合邏輯。

不過，狂三甚至拒絕回頭思考那個邏輯。

因為這個夢境是如此甜美——甜美得寧可漠視一切。

（——啊啊。）

自己的視線自動望向床。床上能看見一張安穩入睡的少年的臉。自己為何會待在這裡，為何會在冬天的寒空下身穿聖誕老人的衣服，這些小小的疑問瞬間一掃而空。

躺進被窩，凍僵的手腳一口氣變得暖和。

那名少年的臉就在眼前。

自己想高聲吶喊。想大喊，叫醒他，緊緊擁抱他。不過，不能這麼做。

因為這終究只是記憶，是另一個世界發生的事。

所以只能看著這個身體擅自行動，甚至無法伸出手，用指尖觸碰。

啊啊，不過——

「狂……三……」

他呼喚了自己的名字。光是這件事實就足以讓她沉醉於無比的幸福之中。

「……由我……來……拯救……妳……」

並且得知他渴望拯救「自己」。

狂熱，痴狂的愛慕之情。

因此，「才會移開視線不去正視那致命至極的謬誤」——

◇

睜開眼睛，再度回到險地。不過，狂三心裡只想著一件事。那就是再次體驗那個夢境、那幅光景。即使沉溺在美夢之中永遠不要清醒，也是一種幸福吧。

然而，自己卻醒了過來。所以想再次沉浸夢中。

為此，她必須活下來；為此，眼前的傑伯沃基十分礙眼。

「……啊啊，我不想死啊。」

所以就大開殺戒吧——狂三如此心思。

她要拚命活下來，垂死掙扎到底，踏破第一領域，再次與不知名的那個人相會！

「嘻嘻嘻嘻嘻。所以，妳們少來礙事——去死吧！」

發出刺耳嘲笑聲的狂三面對逼近而來的拳頭閃都不閃，便用〈刻刻帝〉的長槍與短槍掃射攻擊。

槍林彈雨。甚至可稱為豪雨的子彈將傑伯沃基射得千瘡百孔。

是巨人也好，白龍也罷，巨大的缺點在這時表露無遺。雖然靠反覆再生與聚合勉強保持身軀，但受傷的部分還來不及再生便被徹底剜出。

去死吧。／子彈貫穿傑伯沃基的腳。

挨槍受死吧。／踹飛踉蹌的她們的下顎。

別防礙我的夢，趕快踏上黃泉吧。／瞄準眼睛，發射子彈。

「狂三～～！狂三……」

急忙趕來的響一行人所見到的是慘不忍睹的光景。

傑伯沃基慢慢融化，分離成原本的空無，但是已無生命跡象。她們是作為一個集合體的生命體，因此以傑伯沃基的身分死亡，不過是死了一片細胞。

屍體成山、屍橫遍野，以及佇立其中的染血女王。

看起來既美麗又可怕。

「……哎呀，響。」

不過，她身上的血一下子便消失無蹤。在鄰界，連血液也不是物質。回頭神來，她已經變回平常的狂三。

「那個……沒事……吧？」

「妳是指什麼？」

狂三歪了歪頭表示疑惑。響重振精神說道：

「呃～～我是指傑伯沃基……」

「她死了。是我致她於死地的。」

「……我想也是……」

「真有妳的。」

「嗯、嗯。」凱若特一臉佩服地點點頭。她與狂三的交情不深，因此沒有察覺她的變化。

而響發現了。她大概是看到了「那個人」的記憶。

所以感到幸福至極，彷彿立刻又要再次奔跑。而一旦邁步奔跑，應該就不會再回來了吧。

「狂三～～妳不要再丟下我一個人跑走了喔～～！」

響盡可能聲音開朗地如此說道。不知是否察覺到這句話背後的用意，狂三的表情有些陰鬱。

「……好，那是當然。」

這時狂三才自覺到一件事。

自己似乎單槍匹馬打倒了傑伯沃基。

她深呼吸了一口氣，恢復冷靜的思考。沒錯，現在正是好時機。

「……白女王現在不在這個第三領域，這一點絕對沒錯，所以不能錯過這個好機會。我這個人啊，一旦受到屈辱，就要徹底地討回來。」

——剩下　十五分鐘

○嫌疑犯們

第六領域喧鬧不已。因為對這個鄰界而言最重要的活動——領域會議，偏偏遭到那個白女王來搗亂。而且是在神不知鬼不覺的情況下，出現在眾支配者的面前。

「把所有空無都趕走。由妳們負責打掃、修繕這棟宅邸。僱人的時候要讓我面試。別讓我再次嚐到這棟宅邸被白女王闖入的屈辱滋味！」

「是！」

經由她精心挑選，戰鬥能力極高的準精靈部下們所組成的烈聖騎士團同時回答。雖然無銘天使是形形色色，但閃耀著白銀色的靈裝倒是完美統一。

「跟我來！把這個領域給我翻過來搜索，徹底調查清楚！」

宮藤央珂怒不可遏地親自巡視宅邸。開會開到一半被趕出來的其他支配者們一臉無奈地望著這一幕。

結果，白女王冷笑著消失蹤影後就沒有再現身。但發生這種事，往後勢必得更加強化對她的戒備。

失。

突然在位於領域中央的支配者宅邸，而且是談論最重要議題的場所中現身，又如惡夢一般消

央珂難掩憤怒，似乎打算將整棟宅邸和整個第六領域都翻遍。

「這～～已經散會了吧。」

阿莉安德妮搓揉著惺忪的睡眼說道。正如她所說，已經沒有心情繼續開領域會議了。應該各自回到自己的領域，擬定對策。

「……反正該說的部分都提到了，之後用遠程通訊來開會就好了吧。只是，我本來想順便討論派遣支配者到第十領域這件事……」

第十領域在「操偶師」斃命後，準精靈不斷展開廝殺，爭奪下一任支配者的寶座。不過，若是讓粗枝大葉的準精靈當上支配者，受害的可是周圍的領域。

既然如此，不如一開始就栽培自己麾下的準精靈上位。雪城真夜本想和其他支配者討論這個策略，以及誰適合當支配者。

「不能讓那個領域無主。白女王很有可能轉移到第十領域，從那裡出其不意地攻擊。」

聽見真夜說的話，篝卦葉羅嘉舉手發言：

「唉～～沒辦法。那就由我出馬吧。」

雪城真夜聽了皺起臉。

第五領域雖然不如第十領域那樣嚴重，但也需要一個擁有強大力量的準精靈來維持治安。何況第五領域是與第三領域相鄰的領域之一。雖說門完全封閉起來，但若是葉羅嘉待在第十領域，發生緊急狀況時便會難以應付。

「第五領域交給蒼和其他弟子負責吧。她們應該能勝任——假如無法勝任，就讓阿莉安德妮『妳出馬也沒關係』啊。」

言下之意是讓阿莉安德妮掌管第五領域也無妨，但對阿莉安德妮來說只是徒增困擾罷了。因為管理兩個領域，負擔只會倍增。

「咦咦……麻煩死了……」

阿莉安德妮已經開始點頭打起瞌睡了。葉羅嘉苦笑著抓住她的肩膀。

「別這麼說。求求妳嘛，求求妳，求～求～妳，求～求～妳～啦～」

「……嗯……好吧……我再想辦法……」

阿莉安德妮勉勉強強地允諾，就這麼睡著了。

「所以，第五領域就交給她處理吧。第十領域沒有『操偶師』吧？那我三天解決這個問題。等到領域平靜下來，再從第二領域派遣文官準精靈來整頓政治體系就好了吧。」

「嗯，葉羅嘉妳那麼好戰，肯定能擺平的。加油吧！」

璃音夢說出失禮的話，瑞葉一臉不安地以眼神注視著她。葉羅嘉只是露出苦笑，將手放在璃

音夢的頭上搔亂她的頭髮。

「呀～～！妳幹嘛啦！」

「只是疼愛一下我沒有禮貌的後輩罷了。」

「真是的，頭髮都亂了啦！瑞葉，妳有帶梳子嗎？」

「啊，有。妳蹲低一下。」

「話說，我想問妳們一下。妳們覺得時崎狂三是好人還是壞人？」

面對葉羅嘉的提問，璃音夢和瑞葉互相對看後，同時回答：

「是——」「壞人。」

「是嗎、是嗎？這樣比較好。就我看來，白女王也不是什麼好東西。以眼還眼，以毒攻毒，以惡制惡。」

葉羅嘉哈哈大笑離去，似乎要立刻前往第十領域。

「……那我也要去睡了……晚安……」

阿莉安德妮也一邊打盹，回去自己支配的第四領域。

雖然她搖搖晃晃，步履蹣跚，但認識她的人都知道即使在那種狀態下，她依舊有辦法戰鬥，而且一旦她「睡意全消」便無人能敵。除非有兩名篝卦葉羅嘉等級的支配者，或許還勉強制得住她。

「那我也回第七領域了喲～～必須製作新的小唯才行。」

第七領域的支配者佐賀繰由梨也打道回府。

「我也差不多該回去了。最近第八領域也不得安寧啊。」

緋王院華羽也返回領域。回去時，看都沒看她的妹妹緋王院瑞葉一眼。

就這樣，剩下的只有輝俐璃音夢、緋王院瑞葉，以及第二領域的支配者雪城真夜。

「那我們也回去吧。」

「說的也是。必須立刻商討加強防備一事……在這個第六領域，可以僱用傭兵嗎？」

第九領域的戰鬥能力遠不如其他領域。兩人開始討論，必須考慮僱用傭兵來加強戰力。

「——輝俐璃音夢，緋王院瑞葉，可以耽誤妳們一點時間嗎？」

「喔喲？」「雪城真夜小姐……？」

兩人疑惑地注視出聲攀談的真夜。由於第九領域和第二領域相距遙遠，幾乎沒有交流。

應該說，第二領域積極地不與任何領域扯上關係。雖然每次都會出席領域會議，擔任類似司儀的角色，但幾乎不會主動表達意見或是談論有關自己領域的事情。

始終一副事不關己的樣子窩在自己的領域，記錄一切事情的準精靈——璃音夢對她的印象是如此，瑞葉也差不多。

「妳竟然會跟我們說話，真是太陽打西邊出來了呢～～真夜，有什麼事嗎？」

「……我想跟妳們兩個談談。」

「好啊，去哪裡談？」

「我想離開這棟宅邸……第六領域有能坐下來好好聊天的地方嗎？」

「嗯……有一家我常去的咖啡廳，去那邊可以嗎？」

真夜像小動物般點了點頭。

◇

輝俐璃音夢以前當支配者時，有時會前往其他領域舉行演唱會。尤其第六領域連接了第一到第九領域——就好比是鄰界的樞紐。本來的目的是藉由在這裡舉辦演唱會提高第九領域的知名度，萬一遇到什麼緊急狀況，能夠求助於第六領域。不過，由於反應太好，璃音夢得意忘形，好幾次執意遠征而來舉辦演唱會——所以每次都聽到央珂向她抱怨。

「然後，當時我常在找美食店呢～～這裡是當時發現的其中一家。不好意思～～我要一份草莓聖代～～」

這家店甚至沒有空無店員，而是利用自動電腦系統來點菜。廚房傳來準精靈回答『客人點餐嘍！』的聲音。這裡的準精靈在包含聖代在內的甜點上找到自己存在的理由。

雖說能利用靈力憑空製造出聖代，但只能產生客人想像的味道。如果真的想品嘗美味的甜點，就必須光顧以「為客人做出美味甜點」為生存意義的準精靈所開的店。

這家店是其中之一。坐鎮在草莓聖代頂端的大顆草莓竟然是用土、種子和水「栽培」出來的。雖然比耗費靈力製造出草莓來得費時，但味道絕對是栽培出來的草莓更加好吃。

「……所以衝著這一點，我每次光顧時都會點草莓聖代。」

「嗯，好吃。原來如此，不是直接創造出草莓，而是從栽培開始啊……真是有意思。」

「真好吃……前輩懂好多喔，真棒。」

真夜和瑞葉頻頻點頭認同，對草莓聖代的美味直咂嘴。

「所以，妳要跟我們談什麼？」

真夜望向四周。也許是上午的關係，咖啡廳門可羅雀。儘管如此，真夜還是小心謹慎地翻開書本。

「開封——第三之書．〈事象隱匿理論(Cats Rule)〉。」

半透明的簾子包圍住三人的座位。

「這是妳的能力？」

「正確來說，有些不同。我的無銘天使是書架。我將幾種能力書籍化，收進那個書架來使用。由於必須經過從書架上挑選書籍的這個過程，所以不適合戰鬥——不過，這種時候倒是無所

不能。」

她剛才施展的是遮蔽術。這個能力能讓別人看不見她們的身影，不管吵鬧得再大聲，聲音也不會傳到外面。不僅如此，也偵測不到位於內側的她們。

「……那麼，我就開門見山地問了。妳們有沒有覺得在剛才的會談中，有哪個支配者的態度很可疑？」

面對這個問題，璃音夢和瑞葉同時歪了歪頭。

「啥？這是什麼意思？」「那個，我不太清楚妳想說些什麼……」

「……我猜支配者當中，有『敵方那邊』的人。」

「哇！妳妳妳妳是指有支配者是白女王的手下嗎！」

真夜點頭。銀框眼鏡意味深長地閃了一下。

「這次白女王登場有許多令人費解的部分。」

「那是因為……她是精靈吧？就像時崎小姐一樣。」

「不對，如果是要將她宏偉的目的昭告天下，倒還能理解。令我費解的是，她干涉世界的方法。操縱空無，進行恐怖主義活動……這我還明白，不過這次她是為何而來？」

「不是來宣戰的嗎？」

「沒這個必要，解釋成遊戲也有限度。假如我或葉羅嘉很快就發現門的存在，把門破壞掉，

白女王就無所遁逃，小命不保。」

「哎，到時候會把我們給牽連進去，害死我們就是了！」

瑞葉也同意璃音夢。真夜剛才說的話是以多數人犧牲為前提才能成立。至少缺乏戰鬥能力的支配者應該會喪命，其他支配者也免不了犧牲。一個弄不好，恐怕連整個第六領域都會被破壞。

不過——

「白女王確實有可能戰敗。明明有這個可能性，她為什麼還不惜冒著風險來到會議室？」

「不知道。」「……是為了撒下誘餌嗎？」

「沒錯。」真夜點頭回應瑞葉。璃音夢則是越來越摸不清頭緒。

「或許是刻意要強調『我們雙方是敵人』。她的宣戰，導致我們必須也必然要聯手。不過，若是其中有叛徒——」

「……那就完蛋了呢。」

瑞葉表情陰鬱地搖了搖頭。

「但是，妳為什麼要向我們表明這件事？」

「因為妳們威脅性低，而且早已認識時崎狂三。我想白女王總不會安排妳們當叛徒吧。」

「……還有其他值得信賴的人嗎？」

「……不知道。畢竟我們是支配者，又不是朋友，更深入的事情誰也不清楚。不清楚阿莉安德妮為什麼想睡覺、宮藤央珂為什麼喜歡統一的感覺，也不清楚葉羅嘉渴望戰鬥的理由。」

「也對。我也完全不知道！」

「輝俐璃音夢，我想妳能用直覺感受到其他支配者的特性。妳知不知道什麼……關於她們的事情？」

「嗯……有沒有背叛這種事我實在看不出來！不過，先說說阿莉安德妮吧。她很強，非常厲害，我想應該跟篝卦葉羅嘉一樣強！所以故意裝傻，其實自信滿滿！然後葉羅嘉跟表面上看起來的不同，會煩惱一大堆事情來束縛自己，綁手綁腳的感覺。她非常不滿意自己這一點。央珂嘛……嗯……我不是很清楚，只有她我無法看穿本質。佐賀繰由梨不用說也知道，自以為有妹妹。啊啊，不過啊……我覺得呢，本人可能早就發現了。然後，第八的絆王院華羽……瑞葉的姊姊……很害怕。」

「害怕嗎……？我的姊姊……？」

「瑞葉妳對華羽的印象怎麼樣？」

面對璃音夢的提問，瑞葉無力地微笑道：

「她在我心中是象徵強大力量的那種人，永遠都很強悍，在第十領域也能平安地存活下來，防備心強。我一直活在姊姊的影子下……我覺得這樣不好，才來到第九領域。」

「絆王院華羽與妹妹分開後，曾在第五領域與篝卦葉羅嘉交手……無疑是戰鬥型的準精靈，妳卻說她很害怕？」

「這個嘛，證據只有我的直覺而已。有時候也說不準，希望妳們別太當真……」

璃音夢沒有信心似的低喃。她說的沒錯，自己說的話並沒有證據。不過，真夜認為她嘴上說是憑直覺，其實是聽「聲音」來判斷的吧？

心音、身體輕微活動的聲音，或是血流聲。身為重視聲音的第九領域支配者，她會下意識地捕捉常人聽覺捕捉不到的某種聲音，深信那就是所謂的直覺罷了。

當然，說了也沒什麼意義。真夜站起身，解除防護罩。原本靜音的店內背景音樂再次傳入她們的耳裡。

「……用不著我說，妳們也明白這件事必須保密。絆王院瑞葉，請妳好好監督她。」

「喂，妳這是什麼意思啊，我也懂分寸好嗎！」

「好的，沒問題。」

「連瑞葉都這樣！真是的，搞什麼啊～～！我到底是有多不值得信任啊！」

「接近百分之百吧。」

璃音夢無法反駁似的趴倒在桌上。瑞葉苦笑著撫摸她的頭。

離開咖啡廳的真夜走向通往自己支配的第二領域的【通天路】，嘴裡吐出剛才不敢問出口的疑問：

「在她眼中——我是個什麼樣的人呢？」

若是開口發問，輝俐璃音夢勢必會乾脆地如此回答：

「真夜妳啊，內心懷抱著某種祕密，而且是自己一人無法承受的滔天祕密。為了守護那個祕密，妳應該會連我們都殺了吧？」

沒錯。

雪城真夜，以及第二領域有一個大祕密。那個祕密絕不能公開，即使是其他支配者全被白女王殺死。

◇

想到時崎狂三的分身時，她們總是擁有兩個過去，分別是誕生前與誕生後。

誕生前的過去，每一個分身都一樣，但誕生後就不同了。事實上之所以沒有浮上檯面，無非是因為時崎狂三總是為了一個目的而行動。

所以若是經歷不同的事情，便會產生微妙的差異。

問題來了。

——拷問、汙染、嘲笑、洗腦、痛苦、搶奪。

不斷受到世上暴虐的對待，深信不會有人出手相救的時崎狂三，最後會變成什麼樣子呢？

「那個……凱若特小姐，妳說想要跟我單獨談話，是什麼意思啊？」

響表現出戰戰兢兢、提高警戒的態度問道。她想起岩薔薇說過的話——「我不相信那個準精靈。」——眼前的少女實在非常可疑。

現在時崎狂三與岩薔薇為了在白女王回來之前消滅ROOK，正於第三領域到處奔走。她們既然搶回了時間，想必已經無人能擋了吧。

「這個嘛，我就開門見山地問了！」

凱若特打了一個暗號後，四張撲克牌便團團包圍住響。

「緋衣響，妳到底是什麼人！」

這樣的話——響也舉起〈王位篡奪〉。凱若特還不知道響的能力。雖然毫無破壞力，不過一旦搶奪成功便能一口氣逆轉戰況。雖然不太想使用這個能力，但緊急時刻也顧不得那麼多了。

「凱若特．亞．珠也！妳才是有何企圖！」

「少裝蒜了！我知道妳跟隨時崎狂三大人，沒安什麼好心！」

「……啥？」

這話聽得響一頭霧水。

凱若特不理會吃驚的響，撥了撥頭髮，面朝上方，歌唱般吶喊：

「根據我觀察妳之前的行動，跟那位大人簡直……就像朋友一樣！我才不羨慕！但妳竟然在背地裡策劃陰謀，真是邪惡啊！」

然後四張撲克牌突然與凱若特一起排成一列，舉起武器，指向響。

「現在立刻在這裡說出妳的企圖，束手就擒！」

『就擒便可！』『請就擒吧～～！』『就擒是也！』『就擒嚕！』

「啥啊啊啊！妳在說什麼蠢話啊！那個莫名其妙的結論是什麼鬼啊！話說，有企圖的是妳吧！我手上可是有證據的！」

順帶一提，其實根本沒什麼證據，只是想說說看這句話而已。

「什麼……竟然偏偏說出這種話，妳說我有什麼企圖啊！」

凱若特驚慌失措。不過從響的角度來看，可疑的當然是她，畢竟她出現得太突然了。

「突然出現在我們面前，還拚命幫助我們，肯定不懷好意！」

唔！凱若特發出呻吟。

「……才、才沒那回事！我們一直處於防守狀態！這時有自稱精靈、力量強大的人來，當然要幫忙呀！」

「是、是沒錯啦。不過，未免有點太過犧牲奉獻了吧？況且一開始認識的時候，狂三喪失了

力量──」

「妳在說什麼啊，不是還有『另一位狂三大人在嗎』？」

「咦，啊，呃，是沒錯啦。真是怪了？不過，她不是一直被囚禁在牢裡嗎？」

「沒錯。『所以我才想救她』。」

──咦？

感覺不對勁，事有蹊蹺。

「……凱若特小姐，妳跟現在自稱岩薔薇的另一個狂三……有過交流嗎？」

「當然有啊。不過，頂多只有在拷問空檔想辦法交換情報而已……但她是個很棒的人。」

凱若特臉頰泛紅，像在仔細回味回憶般呢喃。

不對，不對勁……逐漸增強的不祥預感，令響思緒混亂。

「那、那個……凱若特小姐，所以說，妳跟岩薔薇……認識吧？不過，卻給人一種初次見面的感覺……」

「噢，那是狂三大人，不對，是岩薔薇大人希望我這麼做的。她說這樣會比較有向心力。」

「……難道妳會對我說這麼多，也是岩薔薇建議妳的？」

「沒錯！」

──產生致命性的矛盾。

「凱若特小姐！」

「幹、幹嘛！妳終於打算從實招來了嗎！」

響解除無銘天使，逼近凱若特，抓起她的袖口，把她的臉拉到面前。

「妳『中計』了！」

◇

這個圈套是從何時開始設置的？——時崎狂三心想。

不是剛遇見的時候，恐怕是更早之前。在她被捉拿、拷問、奪走武器，失去一切生存機會的時候吧——時崎狂三心想。

狂三與岩薔薇決定花費剩下的十五分鐘解決ROOK。當然，白女王應該會立刻用【天蠍之彈】讓她復活。不過白女王的力量也不是用之不盡吧。重點是，她想藉由與ROOK一戰來了解她們如今擁有何種程度的戰鬥力。

逃跑雖難，追蹤卻很簡單，更別說對方是到處追趕自己的人了。

與ROOK接觸，是在岩薔薇決定自己名字的花田。

「她朝妳那裡過去了！」

「是的、是的！很好、非常好！」

「混帳——！時崎狂三！妳是從哪裡得到那個『時間』的！」

巨鐮一揮，花朵散落一地。響與凱若特去別的地方分頭尋找ROOK，戰力可說是減半，但ROOK倒楣的一點是時崎狂三與岩薔薇打倒蛇鯊，取回時間後，狀態絕佳。

「……難不成……妳們打敗了……我們的蛇鯊嗎！」

ROOK情緒激動。根據報告，應該也奪去了新來的時崎狂三的時間。既然如此，接下來只需將她們逼入絕境就好。她原本是這麼想的，沒想到她們竟然打敗了蛇鯊。真面目不明的隱形怪物，除非解開法則，否則無法打敗——

「破解法則了嗎……在這麼短的時間內……！」

狂三必須在剩下的十五分鐘內在這個房間打敗ROOK，否則白女王就要回來了。雖說取回了時間，但只憑她一人還是難以辦到。

因此狂三答應因為奪回時間而恢復正常狀態的岩薔薇提出的建議，將〈刻刻帝〉的長槍借給她……並肩作戰。

然後，完全中計。

「【一之彈】！」

「散開！」

分離的巨鐮。在第九領域交戰時，只能拚命迎擊攻擊而來的巨鐮，但這次就不一樣了。

「用這一招對付就行了吧。【二之彈】。」

自己與緋衣響、蒼都並肩作戰過，與岩薔薇並肩作戰並沒有什麼不同，只是水準更高一個層次。握住〈刻刻帝〉的手槍，射擊。

這時甚至不需要使任何眼色。狂三與岩薔薇的攻擊自然、流暢，如刀刃般銳利得令人難以置信，一氣呵成。

特地製造出的紅色巨鐮——本來是會自己行動的可怕軍隊——完全不造成任何威脅，只是行動遲緩的擺設罷了。

「【七之彈】！」

岩薔薇企圖停止ROOK的時間。ROOK立刻扔出手上的巨鐮，擋下子彈。

還來不及鬆一口氣，上方傳來一道聲音：

「——【七之彈】。」

「什麼……」

超級機智聰穎的連續時間停止，防不勝防。她的時間停止了。

狂三與岩薔薇不容分說地不斷射擊。

轉瞬之間，還來不及做好心理準備，ROOK的全身便挨了好幾槍致命的子彈。

受到兩次、三次的衝擊後，就再也搞不清楚狀況。分不清前後、左右、上下，逐漸墜落。自己的無銘天使〈紅戮將〉變得粉碎，意識也迅速變得模糊。

——根本毫無勝算。

就如同面對一群食人魚一樣。不，更淒滲，是鯊魚。這不正是嘲笑著在不自由的時間之海手腳胡亂擺動掙扎的我們，慢悠悠地襲擊而來的食人鯊群嗎？

她不懼怕死亡，死亡是令人欣喜的。

不過，自己的死對白女王有助益嗎？自己就這麼無能為力——結果，死得跟空無沒兩樣——

……ROOK一語不發地斃命，瞬間霧消雲散。與她交戰，打敗她，耗費不到五分鐘。

「好了，接下來只剩迎接白女王了。」

花朵凋謝。不只岩薔薇，這個花田裡所有的花都零落。岩薔薇若無其事地叫住正想邁步奔跑的狂三。

「啊啊，請等一下。」

這句話莫名——給人一種預感。不祥、死亡的預兆。明明聲音柔和，卻蘊含所有那類情感。

所以，狂三回過頭。

然後微微瞪大雙眸，有些恍然大悟地點點頭。

慢慢舉起〈刻刻帝〉的短槍——「指向岩薔薇」。

因為岩薔薇舉著〈刻刻帝〉的長槍。

「指著狂三」。

風吹，花又落。儘管如此，花兒依然像是無窮無盡地綻放，不管經過多久都不會止息。

「我可以問妳理由嗎？」——狂三問道。

「不可以，無可奉告。」——岩薔薇回答。

既然如此——

既然如此，也沒有必要再問。狂三感到痛切不已。不過就算詢問理由，岩薔薇也絕對不會回答吧。

但是，有一件事是肯定的。

就是她一直在打這個算盤。換句話說，她一直在背叛自己。只要時崎狂三不像反轉體那樣迷失自己，這就只是岩薔薇脫序、迷惘的行為。

……不，若說自己沒有預想到這樣的發展，或許是假的。

另一個自己，分身。感覺必須和她做個了結才行。

因為她凝視自己背影的眼眸中含有尖銳的殺意，訴說著要是她有能力，真想立刻殺死自己。

好吧——狂三心想。

如果那是「我」的選擇，那我也再次拿起手槍吧。

剩下時間五分鐘。勝出的人將再次與白女王對峙。

「【一之彈】。」

「【一之彈】。」

反正彼此早就知道最初發射的一槍，所以決定朝對方扣下扳機，強化對手的速度。宛如公平競爭的開端令人苦笑。

蹬向大地。

我與「我」大吼：

「好了——『我』！開始我們的戰爭吧！」

——剩下　五分鐘

○時崎狂三與時崎狂三與時崎狂三

名為岩薔薇的少女被活捉之後，只能做一件事。被白女王沒收的〈刻刻帝〉已經拿不回來。

換句話說，剝奪了她的戰鬥手段。

所以，只有思索、考慮、擬訂計畫——這類事情是她的寄託。

她討厭沒有餘力、餘白逃到夢境的絕望，所以一味地思考。她確定自己不會被殺死，所以思考「如何存活」，直到下一個時崎狂三到來。

以及下一個時崎狂三到來後，要如何活下去。

時間多得是，沒有人會在乎她。來的會是什麼樣的時崎狂三？要說什麼才能讓對方按照自己所希望的行動？

有兩個重點。

一是奪回自己的「時間」。

二是如果她有同伴，就把兩人分開。

這兩點都順利完成了。

——為什麼要做這種事？

——為什麼一定要戰鬥？

——既然都要廝殺，不能等與白女王交手後再廝殺嗎？

沒錯，不能。不能用這麼正派、理所當然的方法。

我得到了另一個新名字。脫離時崎狂三，找到另一個目的。即使殺掉「我」、踐踏「我」，也想實現的目的。

「沒錯，所以！請把力量讓給我，然後退場吧！」

岩薔薇高聲吶喊。

開什麼玩笑！狂三火冒三丈，氣得彷彿要燒斷神經。

「就為了那種無聊的目的！開什麼玩笑啊！」

子彈掠過耳朵，掠過脖子，劃破靈裝。即使如此，還是斷然從正面突擊。

遠距離槍擊戰只會折磨彼此，浪費時間罷了。

既然如此，就該選擇近身戰。幸虧交給岩薔薇的〈刻刻帝〉是長槍，而自己拿的是短槍。雖然僅約一公尺的差距，在近身戰還是占了極大的優勢。

而岩薔薇則是希望拉開距離。她的長槍當然適合遠距離射擊。

試圖遠離的岩薔薇，與希望接近的狂三。

然而——

「什麼……」

「啊啊，真是快活呀！我終於！終於自由了！真是滿足啊！」

岩薔薇發出喜悅的吶喊，同時接近狂三，就像是拳擊近距離攻擊那樣近。姑且不論手持短槍的狂三，這麼近的距離對岩薔薇而言應該難以攻擊才是。

不過，她卻面帶冷笑，強行活動關節，瞄準狂三的眉心。手臂彎曲的方式實在不像是能射擊的狀態。

同時，扣下扳機。

噴濺的鮮血，子彈的衝擊令意識模糊了片刻。轟然槍響還縈繞在耳邊，不得不實際感受到自己正處於戰場之中。

「【一之彈】！」

「【二之彈】！」

狂三加速自己，岩薔薇則是讓狂三減速——相互抵銷。

裝填。

狂三裝填子彈，岩薔薇卻沒有裝填，竟然直接揮舞長槍。像棍棒一樣揮下的長槍直接擊中狂三的太陽穴。

「唔……！」

姿勢受到影響，短槍無法瞄準。頭暈眼花，像軟體動物一樣扭曲歪斜的風景，花瓣瞬間遮蔽了狂三的視線——消失。

「【一之彈】。」

岩薔薇加速。承載體重的一腳猛力踹向狂三的心窩。狂三被踹飛，在地面拖行。

狂三趁意識尚未因混亂和劇痛而模糊前，扣下扳機。

在千鈞一髮之際，奇蹟似的直接命中岩薔薇發射出來的子彈——互相抵銷。

「咳……咳……！」

狂三迅速站起。側腹部一陣刺痛，肯定骨折了。狂三想用【四之彈】復原，無奈岩薔薇以猛烈的攻勢連續發射〈刻刻帝〉，阻止了她。

「可惡……！」

不只妨礙她用【四之彈】治療傷勢，子彈的衝擊還導致側腹部的疼痛更加惡化。目前還可以忍耐，但要是有一點點目測錯誤，直接命中側腹部，肯定會昏過去。

如此一來，就嗚呼哀哉了。

狂三絞盡腦汁想辦法。子彈如暴風雨襲來。

大概是「我」的本能告訴她千萬不能放過這個機會。

——啊啊，實在是搞不懂。

為什麼？為什麼「我」要對我反目成仇呢？

◇

我為自己取了岩薔薇這個名字。

那一瞬間，我的心中起了奇妙的反應。我現在想要得到自己真正渴望的東西。

自由——想做什麼就做什麼，想求什麼就求什麼，想去哪裡就去哪裡。

啊啊，眼前的「我」肯定不明白也無法理解吧。我如今能像這樣站在這裡是一種奇蹟！

……我「們」分身是抱持唯一的目的，侍奉本體的化身。

可是，不在。她不在這裡。

既然如此，啊啊，既然如此——

我就是自由的！能去任何地方！

不再是時崎狂三的岩薔薇終於得到了自由！

不過，不過，眼前有一個障礙。沒錯，那就是「我」——時崎狂三。她奮戰、前進，並且……想要離開這個鄰界。

我無法忍受；我無法諒解。

無法原諒——除了我以外的「我」歌頌自由。

啊啊，請不要把我想成一個蠻不講理的人，請別慨嘆我是個誤入歧途的無禮之徒。

因為我沒有。我找不到「我」所擁有的東西。

光憑這一點——就足以成為我奮戰的理由。

◇

腦海裡靈光一閃。

「啊，啊啊啊啊啊……！」

一嗎？不對——五！

「【五之彈(Hey)】……！」

狂三好不容易找到一點空檔朝自己開槍。讀取幾秒後岩薔薇發射子彈的路徑，選擇穿過彈雨的行動模式，筆直地奔跑。

數秒後，再次朝自己發射【五之彈】。腦袋與其說疼痛，更像是嘎吱作響。不斷讀取未來——更加重了腦袋的負擔。

讀取五秒後的未來，決定零點幾秒後的行動。

岩薔薇一臉不敢相信的表情，以步槍掃射。讀取未來，分析，確定行動。反覆進行這一連串的動作，照理說腦袋和神經會承受難以置信的負荷。

至少，岩薔薇做不到。

做不到這種用挫刀削磨腦袋般的蠢愚行為。

然而時崎狂三做到了，忽然逼近岩薔薇。

再次進行近身戰。

岩薔薇要獲得勝利有幾個選擇。

採取安全策略，對自己射擊【一之彈】，果斷地射擊【七之彈】；或是採取第二個安全策略——射擊【二之彈】或【三之彈】降低時間的消耗。

不過，岩薔薇把這些選擇全部捨棄。因為她領悟到用這些方法，根本無法阻擋以狂亂的氣勢衝向這裡的時崎狂三。

那麼該如何是好？

只能使用「殺手鐧」解決她了。

岩薔薇擺出一副放棄的模樣，放下舉起的步槍。狂三微微皺眉，決定無論是什麼圈套，都先接近再說。

岩薔薇嫵媚一笑，高聲吶喊：

「我說，『我』！妳難道不想知道自己的過去嗎！」

「……！」

時崎狂三瞬間停下腳步，不過又立刻打消念頭，覺得無所謂。因為她的目的是離開這個鄰界，返回現實世界。

回去後，再次與他相逢。

只要理解這一點，就不會被言語所惑——本應是如此的。

「聽一下比較好吧，因為『我』是個『冒牌貨』。」

停止。

本來想開槍，卻連這件事都忘了。

「這是……什麼意思？」

「我是用【八之彈】產生出來的分身。然而為什麼妳會認為自己是本體呢？」

「那是……那是因為……我……」

——時崎狂三有三種存在。

分身、反轉體與本體。狂三——現在待在這裡的她，是本體？還是分身？

「是的、是的。我明白、我明白。要不然『那個人就不會回頭看妳了吧』。妳看到他與『我』的記憶了吧？兩人聊得很開心吧？不過，那——」

——那肯定「不是妳的記憶」，「我」。

在那段記憶中，「我」的確依偎在他身邊。而那個人也很在乎自己。

不過——

假如這一切都被推翻呢？

自己只不過是本體用【八之彈】產生出來的一個分身。

不過是為了犧牲性命而誕生的存在。

假如光看到他的臉就會感到幸福洋溢的那個人根本「不知道」自己的存在呢？

那不就代表自己……一無所有。

一無所有。

充滿虛無，連一顆沙粒都沒留下也留不住。

什麼都……沒有。

胸口好難受。有種幸福被剝奪，希望被偷走的心情。無法動彈，雙手雙腳宛如凍結了。

沒錯。自己內心深處其實早已理解，自己並非時崎狂三本體，而是時崎狂三分身，卻一直不

肯面對這個事實。

因為能使用〈刻刻帝〉，就認為自己是本體。拚死地企圖如此堅信。

「有機可乘。」

岩薔薇舉起步槍，貫穿狂三的眉心。

唉——她吐出嘆息。被攻其不備，打從第一次見面時，她就一直誘導自己，讓自己誤以為是本體——就為了在這一瞬間讓自己停下腳步。

為什麼不惜做到這種地步也想和自己廝殺？

算了……無所謂了——狂三改變想法。這種疑問一點都不重要。

那個人肯定不知道我的事情。

不知道我的樣貌，不知道我的故事，不知道我的傷勢、我的感情，一無所知。

他所知道的，是「並非我的『我』」。

那肯定被稱為真正的精靈，在另一個世界依然為了達成目的而不斷戰鬥吧。

在戰役中發現了他吧。

發生過爭鬥、對話和溫馨的事情吧。

而我卻沒有那種體驗。大概，一無所有——

就在狂三快要放棄一切的瞬間，腦海裡（幻想）的緋衣響突然從其他時空、其他次元一臉納悶地問道：

——哦～～原來如此。那又怎麼樣呢？我所認識的狂三，應該不會因為這種「小事」就灰心喪志。

「……！別開玩笑了，響……！」

「咦……啥……？」

也難怪岩薔薇會感到啞然無言。站起來就算了，為什麼還冒出緋衣響這個名字？

狂三站了起來。因為不在現場的響隨便亂說話，害她氣得站起來。

「是的、是的。沒錯、沒錯！不知道我的存在？可能只能在遠處看著他？我們之間一定沒有緣分、關係和連結？……！那又怎麼樣！我非常喜歡那個人！除此以外一無所有也無所謂！」

狂三利用【四之彈】修復額頭的傷口。似乎因為立刻向後仰，只有削過頭蓋骨，並沒有直接命中眉心。

不過，即使不斷讓時光倒流，也無法消除椎心之痛。

絕不會回頭望向自己的人。

然而，既然如此，自己就出聲呼喚，拍他的肩膀，強迫他回頭望向自己。我，時崎狂三，

「這個」我……就是這樣的分身！

「岩薔薇——繼續一決勝負吧。我決定打完這一仗後再煩惱自己是分身的這件事。」

狂三盡力露出猖狂的笑容。岩薔薇面帶溫和的微笑，朝她點了點頭。

「好的，那麼……我不想再浪費時間和『時間』了，我就直接正面攻擊吧。只要我還有一口氣，就會不斷扣下扳機。」

不閃躲。

只專心瞄準目標射擊。

「——知道了。我也一樣。」

狂三接受岩薔薇的宣言。自豪、自尊心或是該稱為賭一口氣的心態回應了她。

狂三害怕得後頸冷汗直流。不想死的心情與怎麼能死的熱忱在她心中天人交戰。

「那麼——」

時間緩慢流逝。時崎狂三希望能做好歷劫歸來的覺悟。

除了開槍，什麼事都不想地屏住呼吸。

一陣強風吹來。在漫天飛舞的花瓣遮擋彼此視線的瞬間，兩人扣下扳機。

子彈掠過狂三的肩膀以及岩薔薇的手臂。

還活著——接近死亡一步後，再次扣下扳機。彼此都沒有射中對方。

前進一步。接下來貫穿側腹部和胸口。前進一步。溢出的鮮血——將只要利用【四之彈】便能復原的傷口置之不理，又前進一步。

已經來到瞄準對方也不會射偏的距離。

是妳死我活，還是同歸於盡呢？

狂三拚命拉回模糊的意識，只專心扣扳機。什麼都不想，不去想某人、某事，怨恨、莫名或悲傷的事。

指尖宛如機器般流暢地扣下扳機。

「我射中妳了。」

「…………是啊，是啊。厲害，真厲害。」

「為什麼妳不——」

開槍？狂三原本打算這麼問。岩薔薇拒絕似的搖了搖頭。

「只是開不了槍罷了……這扳機對我來說太過沉重。」

岩薔薇不支倒地。倒下的衝擊令周圍的岩薔薇花紛紛凋落。心臟噴出的鮮血將白色花瓣逐漸染成赤黑色。

狂三連忙奔向岩薔薇。

衝向她後，掌握狀況——無庸置疑是致命傷，怎麼想都不可能是圈套。

自己有許多疑問。

非戰不可的理由，棄戰的理由。

岩薔薇平靜地夢囈般呢喃：

「該活下來的，果然不是我……因為……因為，我……根本『不知道那個人』。」

——她的自白令狂三受到極大的衝擊。

「可是，怎麼會……等一下。岩薔薇，妳的確對我這麼說過吧。」

務必拯救這個鄰界和「那個人」——

岩薔薇嘻嘻笑道：

「我被奪走了一切，其中也包含了記憶。白女王，那個反轉體……偏偏將那個人的記憶從我身上奪走。」

啊啊，原來是這樣啊。

狂三理解了一切，垂下頭。

「……我不知道反轉體是什麼時候來到這個鄰界的，但她的確對那個人很執著。沒錯……執著到奪走了我所有的記憶。」

岩薔薇一臉痛苦地皺起眉頭。

「所以，他的長相、話語、姓名，甚至是否有那種人存在，我都模糊不清。」

狂三緊握住在空中徬徨的手。

「……那妳也用不著死呀。」

「不。因為，這樣……是贏不了白女王的。所以我別無選擇……」

「……？」

「『我』——時崎狂三，吃了我吧。用〈食時之城〉吸取我的『時間』以及我整個存在。」

「整個……存在……？」

「吞噬我這個概念，我的存在。兩個人沒有勝算，必須變成一個人，合二為一。為了使用〈刻刻帝〉被封印的子彈力量。」

白女王有軍隊，有幹部，有累積戰鬥的經驗與可怕的武器——魔王〈狂狂帝〉。

「可是……！」

「我是為了決定這件事才和妳交戰的。是『我』贏得了勝利。請不要悲嘆，『我』。這樣……就好。」

還剩下幾分鐘的時間，白女王就歸來了。

「『我』，過程肯定不是歡樂的。戰鬥、受傷、離別、哭泣……不斷重複。可是即使如此，妳還是想見他吧？所以，請不要將我扔在這裡。」

融為一體。吞噬她，成為血肉。

「……我知道了。」

狂三以最大輸出功率啟動〈食時之城〉，打算吸盡岩薔薇的時間，和她整個存在。

……慢慢吸進體內。

在自稱岩薔薇之前，身為時崎狂三的記憶。當然，那幾乎都是悲慘陰鬱的記憶，被蠻橫地掠奪、嘲笑的日子。

逐漸削減的生命，逐漸減少的時間。因害怕死亡而流淚，為自己一無所有而哭泣。

最後共享現在的時間，體會岩薔薇如今所感受到的東西。

「……岩薔薇，正如妳所想的一樣。」

岩薔薇點了點頭。

被奪走一切的她一邊消失一邊所想的事情既不是憎惡、憐憫，也不是悲嘆。

「——啊啊，一切都好美呀。真的，真的非常美。」

而是盛開的花朵，我岩薔薇的花朵真美——這種理所當然的事實。岩薔薇的花語是——「我將於明天死去」。少女選擇了如此不祥的花語，依然認為花朵美麗而開心不已。

岩薔薇消散無蹤，將所有時間和願望託付給了時崎狂三。

狂三撿起一片凋落的花瓣，慢慢地調整呼吸。然後突然響起一道聲音。

宏亮的教會鐘聲響遍領域每個角落。「噹噹」——宛如高聲祝福的聲音。

「……來了呢。」

大概因為是反轉體這種特殊存在，可以清楚地明白「她」——白女王就存在於這個領域當中。她收到報告後，應該立刻展開追蹤了吧。

能在她回來之前逃離這個領域是最好不過了。但這實在是想得太過美好。反正勢必都得跟她正面交鋒。

脫逃（GAME）跟戰爭（DATE）都尚未結束。

「不過，我不想在這裡……跟她交手呢。」

不能再弄亂與岩薔薇交戰過的花田了。但是考慮到白女王的特性與自己的天使〈刻刻帝〉，還是想盡可能在寬闊的地方戰鬥。

「既然這個領域是這樣的宮殿，只要尋找，應該會有『那個』吧。」

狂三莞爾一笑，如此輕聲開口。

說出適合戰爭開端，同時表示嶄新力量的話語。

「〈刻刻帝〉！」

◇

岩薔薇設下了圈套——響與凱若特（她似乎半信半疑，但被傳染了響的驚慌失措，就被硬拖著走了）連忙尋找兩人，然而來到她們面前的卻是一群空無。

「緋衣響，妳不適合戰鬥，退到旁邊去！」

「我知道啊，我也很想逃跑好嗎！但是根本被包圍了！」

「可惡……！剛才的話還沒說完呢……！」

「就說了！我！沒有背叛狂三，也沒有埋下其實本來是敵人的伏筆，更沒有懷抱什麼巨大的陰謀！我！除非狂三拒絕，否則會一直跟隨著她！」

「沒有證據足以讓我相信妳！再說了，這對妳有什麼好處！啊，順便跟妳說一下，我個人是她的超級粉絲外，還有想要奪回這個領域的偉大動機！」

『真會打如意算盤是也！』『不，也還好嚕。』『別吵了，請快點對付敵人吧～～！』『說的沒錯便可！』

「問我有什麼好處——」

好處。

問我有什麼好處啊？聽她這麼一問，還真是完全沒好處呢。

不過——

「照妳這麼說的話，凱若特小姐，妳又為什麼想重新坐回支配者的寶座？」

「咦……？這還用問嗎！因為繼續讓白女王占領第三領域的話，大家會覺得很困擾啊！況且我也想東山再起啊！」

「妳少騙人了！當支配者感覺超麻煩的，而且妳看起來又一副懶懶散散的樣子！」

「妳知道說實話會傷到人嗎，緋衣響！」

『的確是懶懶散散是也呢。』

黑桃A用刀砍殺蜂擁而上的空無，深有所感似的呢喃道。

「這個鄰界……與那邊的世界相比，更容易生存。只要找到生存目標，就能一直輕鬆地活下去。」

「嗯，沒錯！我也想從早到晚整天鑽研魔術活下去！……活下去……」

「沒錯！就是這麼一回事啊，凱若特小姐。我並不想輕鬆地生活，我是因為喜歡狂三，想要跟隨她才陪伴在她身邊的！」

才沒有什麼好處。如果想快樂地生活下去，根本沒必要跟她走。

只是因為喜歡她，想要跟隨她。理由就是這麼簡單。

「……太太太奸詐了吧！我也喜歡那個人呀！我是她的超級粉絲耶！」

「——哎呀，看來『我』的『桃花期』來了呢。」

聽見這道聲音，響和凱若特同時回過頭。

聲音的主人朝驚愕的空無們扣下短槍的扳機——發射子彈。

槍口硝煙裊裊上升。歪斜上揚的甜美笑容，金色錶盤的左眼。不過，她的模樣比平常還要可愛，四肢比平常還要短小，聲音比平常還要稚嫩。

「狂三……？」

七歲的狂三面向歪著脖子的響，露出滿足的笑容開懷地說道：

「好了，妳們兩個，要前往出口了喲。」

「可是……白女王就快要回來了吧。」

「不要緊，交給『我』們就好。」

響一臉狐疑地凝視著露出狂妄笑容的小狂三。

○凱旋與決戰

——剩下　一分鐘

既然這個第三領域是以宮殿為主題，那麼當然也會有女王的王座室。廣大的純白空間擺放著兩張閃耀著紅色光芒的王座，旁邊站了一排以無銘天使武裝的空無。

「噹噹」——鐘聲響起。

「白女王！白女王凱旋歸來！啊啊，我的天啊！」

平常會抱持歡喜與敬意迎接的空無們，如今內心忐忑不安。

因為在她外出到返回的短短期間，事態產生了劇烈的變化。

回來了——回來了，就要回來了。

這個鄰界最邪惡的敵人，全準精靈的仇敵。

突然浮現在半空中的門是利用【處女之劍】製造出來，為了往返領域之間的違法之門。

單槍匹馬對全領域的全支配者宣戰，輕而易舉打敗那個時崎狂三分身的女王。

偉大、傲慢、最強、凶惡，以上皆是，也以上皆非的怪物。

——剩下　零分鐘

白女凱旋歸來的同時，響起宏亮的鐘聲。

「——好了，發生了什麼事？速速報來。」

隱怒的女王似乎知曉了一切。

◇

白女王凱旋歸來後，聽到手下告知的情報後，表情陰鬱地嘆了一口氣。一群空無跪拜在她的面前。她們是在ROOK底下工作的少女。

「我外出回來不過短短的時間，就發生這樣的騷動嗎？」

「非、非常抱歉……請恕罪……請恕罪……！」

「別在意，妳們本來就打不過她們。責任在於留下的ROOK，要是ROOK又死了——啊啊，不對。看來她剛才已經死了呢。」

「咦？」

「這次輪到妳了。」

白女王慵懶地從王座用槍指向一名空無。

「【天蠍之彈】。」

被擊中的空無扭曲歪斜地改變了姿態。不過，儘管容貌變成了ROOK，似乎依然顫抖不已，無法動彈。白女王歪了歪頭說道：

「……哎呀，是短期間內連續復活需要花費一點時間嗎？還是纏繞不去的『死亡』香氣所致？莫非是單純的構造問題？也罷。既然ROOK已經復活，就快傳令下去要收拾入侵者。我——必須去捉拿『她』才行。」

一名空無不安地詢問：

「……那其他兩位呢？」

「她們兩個是分遣隊。一個負責搜尋，一個負責潛入，各自都有重要的任務在身。」

「——這樣啊，所以正如我所料，『妳是一個人嘍』。」

「！」

這道嗓音令白女王出乎意料。白女王對此做出神速的反應，但手上的短槍不知該指向哪個化為時崎狂三的空無，可說是選擇錯誤。

一聲槍聲。

「……！」

子彈掠過白女王的手臂。空無們看見噴出的鮮血，發出尖叫——其中一名空無發現槍聲是在自己的背後響起，便戰戰兢兢地探頭窺視背後。

〈刻刻帝〉的短槍從空無的影子中冒出來。

「啊啊，我想起來了。妳最擅長在影子裡爬來爬去了。」

「妳好呀，反轉體。」

突然從影子跳出來的狂三拎起裙襬，優雅地行過一禮。

「好久不見，好像也沒多久喔。」

「妳還真是老神在在啊。拿回被奪走的『時間』，還順便吸取了大量多餘的『時間』，所以現在很興奮嗎？這一點也很可愛呢。」

「是多餘的嗎？」

「妳所吸取的時間就像是為防萬一而事先準備的燃料一樣。我原本擁有的時間，當然都在身上啊。」

狂三嘆息，聳了聳肩。看來白女王說的是事實。

「那我可就感恩地收下妳多餘的東西嘍。」

……但令人火不火大又是另一回事了。雖然她說是預備燃料，卻是她使用殘酷的手段搜刮而來的財產。

「收集靈力，吸取時間，蠱惑空無……妳在這個鄰界到底有什麼企圖？」

「是妳想像不到的非凡計畫。」

很遺憾，白女王並沒有說出她的目的，而是對旁邊的空無使了個眼色。空無點頭示意，展開攻擊——狂三用腳應付，扣下短槍的扳機。

消滅了空無。

白女王看著這一幕，愉快地笑道：

「妳毫不猶豫就殺掉了呢。」

「我非常痛心。」

——有三成是真心話。

時崎狂三也不是想積極地殺害或傷害別人，但她決定不抱持模稜兩可的同情心放別人一條生路。

遙遠悠久的過去，自己曾殺害過無辜的人，犯下了罪過。

儘管看似矛盾，只要這個罪過沒有消失，她便會一直戰鬥、殺戮下去。

「要交手嗎？本女王『我』絕對奉陪。」

白女王嘻嘻嗤笑，充滿了自信。這也難怪。畢竟她在之前的一戰穩穩當當地戰勝了狂三。

「請不要用那張臉自稱『我』好嗎？令人寒毛直豎呢。」

而且，恐怕她還沒有拿出真本事——狂三如此確信。

那把軍刀和槍還沒有發揮出百分之百的能力。

支配領域、場所的白女王。

支配時間、影子的第三精靈，時崎狂三。

「我再重複一次我不久前說過的話。妳是害蟲，百害而無一利，只會增殖、增加，毫無目的地散播破壞與病毒的蟲——」

挑釁成功。不知道她是故意裝作中了挑釁，還是覺得不耐煩。

好了，把目的從實招來吧，吐露動機吧，盡情地不屑一顧吧。

妳和那個人，究竟有什麼關係——？

白女王冷笑道：

「很不巧，我有我的目的。毀滅這個鄰界……啊啊，這麼說會被誤會吧。不是毀滅，而是獻上活祭品。」

「獻上鄰界這個巨大活祭品後，妳能得到什麼？孤獨萬年嗎？」

「這世上最難得到的東西。如果能得到它，要我獻上鄰界也在所不惜，踐踏這準精靈建構而成的狹隘世界。」

白女王的雙眸蘊含著難以掩飾的輕蔑。

那是不認同自己以外的所有準精靈——視如塵芥的眼神。

「既然如此，我就為守護鄰界而戰吧。」

「戰？妳說戰鬥？有意思、有意思，真有意思。哎呀……呵呵……即使反轉了，我依然是『我』嗎？時崎狂三，妳應該也能理解吧？妳跟我的力量有多麼懸殊。」

……或許是這樣沒錯。

「是啊。沒錯，單憑我一個人……根本打不過妳。」

站在背後的ROOK咳了一聲……是因為懷抱著恐懼死去嗎？

還要再花一些時間才能恢復鬥志，踏上戰場。

既然如此，與其從她嘴裡說出來，不如主動告知吧。

「話說，我經歷了許多事情後，解除了一項被封印的力量。」

「哦？簡直就像遊戲的主角一樣呢。」

白女王紋風不動。不過，她突然感到一陣戰慄。時崎狂三擁有的天使〈刻刻帝〉。

雖然在現實世界沒有將周圍夷為平地的破壞力，但她之所以被譽為最邪惡的精靈，正是因為它擁有扭曲法則的力量。

停止時間的【七之彈】、加速時間的【一之彈】、回顧過去的【十之彈】。

遇到破壞可以忍耐，遇到屏障可以粉碎。

然而遇到「扭曲時間」這種違反常規的強力招式，該如何抵抗？……可是，白女王也有〈狂狂帝〉。

不過──等一下。

唯獨一枚子彈，擁有所向無敵的能力。

白女王想起〈刻刻帝〉能力中最邪惡的子彈，將極為不合情理的現象化為現實的子彈。

「……不，難不成……」

「妳想的沒錯。【八之彈】！」

狂三開槍射穿自己的頭部──隨著一聲巨響，狂三的身體增殖為兩個。宛如變魔術一樣，時崎狂三變成了兩人。

……不對，並非完全複製，有不同之處。靈裝的顏色、散發出來的氣息，總覺得不太一樣。

理當情緒平淡的空無們內心也開始產生起伏。這件事就是如此令人驚嘆。

「妳好呀，『我』。不對，還是稱呼妳為岩薔薇比較好吧？」

「妳好呀，『我』。說的也是。如我所料，妳能召喚出的頂多也只有我了。朋友很少……不對，應該說是自己很少吧？」

「……沒想到竟然解除了那枚子彈。」

手持〈刻刻帝〉短槍的那名少女曾遭白女王徹底地蹂躪、拷問。

殺了可惜，又沒有東西能再繼續剝奪。

直到捕捉到新的時崎狂三之前，都對她置之不理——

「……人生真是難盡人意呢。」

白女王對天嘆息。

「好吧，好吧。有兩個時崎狂三，這下終於可以期待——實力迎頭趕上我的程度了。」

面對白女王的挑釁，狂三從容不迫地回答：

「是呀、是呀。所以這次，我要將妳——擊垮。」

當然，打從一開始就沒有溝通這個選項。最初相遇時，便憑直覺理解到——

不容許彼此的存在。

不容許彼此的概念。

不容許彼此的主張。

既非正義，亦非邪惡。我和「她」之間的戰爭說到底就是這麼回事。

所以必須剷除對方，手染鮮血。

感覺槍很輕。不覺得〈刻刻帝〉沉重是狀態絕佳的證明。至少狂三是如此認為。

她望向身旁的岩薔薇。自己吞噬，化為血肉——然後復活的存在。

「要上嘍，『我』。」

舉起彼此的天使與魔王。

「〈刻刻帝〉——【一之彈】。」

加速的狂三展開突擊，岩薔薇跟著行動。遠距離的狙擊加上近距離的亂射。狂三朝四面八方移動，擾亂敵人；岩薔薇則是瞄準要害，阻止敵人。

既沒有心靈感應，也沒有使眼色，卻宛如掐好時間似的完美配合。感覺跟與ROOK交手時一樣契合。

子彈比起雨滴，更像是暴風雪。

狂三她們充分補足了時間，以彷彿機關槍的速度連射〈刻刻帝〉。

面對蜂擁而至的子彈，白女王展開行動。

「〈狂狂帝〉——【天秤之彈】。」

她嘲笑兩人似的揚起嘴角後，將槍口朝向凍結般佇立不動的一名空無，扣下扳機。

「咦……？」

座標交換了。位於白女王先前所在的地方的，變成了茫然不知所措的空無。

然而，看見自己正受到狂三和岩薔薇的攻擊，她卻非常歡喜。

「哎呀，我派上用場了！深感光榮，女王殿——」

少女說到一半便被暴風雪子彈給擊斃了。其他空無見狀，互相頷首後，開始朝王座室的四面八方散開。狂三在內心咋舌。空無群並非選擇自殺式特攻，只是一邊避開子彈飄浮著。這是最棘手的發展。

「很好，諸君。繼續這樣到處移動——【天秤之彈】！」

白女王添加要素。她與空無交換座標，達成擬似瞬間移動。

「唔，可惡……！」

千鈞一髮之際，及時抵擋從背後攻擊而來的白女王。

狂三手持的〈刻刻帝〉與白女王的〈狂狂帝〉——軍刀短兵相接。

「體能是我占上風……！」

白女王如此吶喊，向前踏進一步。軍刀閃爍，刀光一閃。狂三用長槍擋回去後跳向斜後方。

她發射短槍試圖牽制追來的女王——然而，所有子彈全被軍刀揮開。

軍刀從上方一揮而下——理應被逼入絕境的狂三邪魅一笑。

不斷竄逃的狂三一個翻轉，一口氣衝向白女王。在無法揮下軍刀的近距離，狂三緊緊架住白女王的雙臂。

「『我』！」

岩薔薇立刻朝白女王的頭部開槍。女王腦袋一仰，在千鈞一髮之際避開了子彈，強行剝開狂三後拉開了距離。

讚嘆般吐了一口氣。

「——我本來以為妳們只仗著有兩個人就得意忘形……看來我錯了。妳們似乎有能得意忘形的戰鬥力。」

狂三和岩薔薇——兩人並非烏合之眾。

而是應該稱為搭檔。夥伴是比任何人都相當於自身的存在，當然稱得上合作無間。

「……不過，她還有妳，終究都不過是分身。」

那嘲笑的模樣簡直就像真正的女王，無疑是自大、傲慢、貪婪的絕對強者。

那麼，與她對峙的時崎狂三是小丑嗎？

「我知道，在現實世界那邊，妳們是消耗品，是為了時崎狂三不斷犧牲，一文不值、毫無意義的生命。那就是妳們。即使運氣好落入鄰界，依然不會改變。就如同蜉蝣一樣，多麼——可笑又可悲呀。」

白女王笑道。狂三面無表情地面對她，輕聲低喃：

「……或許正如妳所說吧。不對，妳說的反而一點都沒錯。」

深呼吸。

事到如今才願意觸及真相。

「我是分身，不知為何會落入這個鄰界，也不清楚為何能使用〈刻刻帝〉。是的、是的，了解後反而增加了更多不明瞭的事情。」

心還有點痛。不過，那並非因為自己是分身。

只是單純地——因為對那個人而言，自己不過是無數個時崎狂三其中之一，並非女主角而是配角，所以感到心酸又難受。

然而，還是停止不了。無論如何都無法克制，不願止息。

啊啊——如果能見到他，「再死一次」也無妨。

「不過，這倒也不失為一件開心的事，總比模糊不清要好太多了。下定決心，穩固腳步，那麼接下來就只需前進而已。」

時崎狂三不是小丑。

不是騎士，也不是國王。時崎狂三是死神，手持巨鐮，切斷靈魂，不容分說地獻上死亡的存在。

而且比普通的死神還要來得壞心眼一些。

「——話說，『妳也是吧』。」

狂三用言語刺痛女王。

「交戰了兩次，我這才終於確定。是的、是的，我原本擔心反轉的妳才是本體，我們則是叛亂分子。不過，不是這樣吧？妳也是分身，只不過是脫離本體的個體。是的，沒錯。換句話說——可以說是叛逆期吧。」

白女王瞪大雙眼，全身僵硬。周圍的空無也都不知所措地來來去去。

「『我』，真是惹怒別人的天才呢。」

「任人嘲諷，我聽了火大嘛。」

岩薔薇走了過來，輕聲低喃。

喀嚓一聲。

「——不對。不對、不對、不對！我才不是分身！我是本體，是本體！分身怎麼可能會反轉！我跟妳們這些傢伙不一樣！這個魔王〈刻刻帝〉就是證據！我跟使用劣化複製品〈刻刻帝〉還得意洋洋的妳們不一樣……！」

女王激動地大喊。

不過，狂三剛才說的話似乎正中她的痛處，只見她焦躁地用力抓著頭。

「白女王……！」

「——別過來。」

空無們想衝到白女王身邊，白女王伸出一隻手制止她們，深呼吸了一口氣後，輕易地恢復了

理智。

「……啊啊，別專戳別人的痛處。所以我才討厭妳們。算了，繼續戰鬥吧。」

狂三見狀，感到有些奇怪。

「岩薔薇……妳不覺她怪怪的嗎？」

「女王本來就很奇怪了，『我』……她應該只是被逼急了吧？」

或許是吧。

是分身這件事對她來說，不是痛處，而是屈辱吧？這項事實就好比宣告自己是量產品。

不過，排除這一點——剛才她的情緒——

能抽出時間思考額外的事情就到此為止了。

「——【獅子之彈】。」

轟然巨響。不，不只如此，恰巧待在周圍的空無們壓住耳朵，慘叫著煙消雲散。

「什麼……！」

甚至聽不見自己的聲音。狂三和岩薔薇朝地面一蹬，逃之夭夭。就子彈來說，速度是緩慢了一點，但換來的則是令人厭煩的巨大聲響。

喀哩喀哩喀哩喀哩，喀哩喀哩喀哩喀哩，就像刨東西的聲音。她們躲開了子彈，子彈射入地板——的前一刻，改變了方向。

「……追蹤彈！」

狂三連忙飛向空中，子彈當然緊追不捨。在無數的空無當中，唯獨尾隨狂三不放。

喀哩喀哩喀哩喀哩，喀哩喀哩喀哩喀哩……

宛如用指甲劃過黑板，令人不快的聲音。

「『我』！」

「不要緊，這種速度的話——」

「不，不是的！『彈道』……！」

聽見岩薔薇說的話，狂三一邊躲避子彈一邊望向彈道。瞄準自己，在空間中自由行動的模樣宛如一頭野獸。子彈留下白色的軌跡，慢慢朝自己前進——

……不，等一下。

白色軌跡全都留了下來。那顆子彈發射之後，在王座室內環繞的過程化為白線，刻劃在空間中。

喀哩喀哩喀哩喀哩，喀哩喀哩喀哩喀哩——

聲音實在令人煩躁不已。狂三不悅地皺著眉頭，尋找白女王的身影……她理所當然般佇立在發射子彈的地方。

「……為什麼？」

自己怎麼可能躲不了一枚追蹤彈？事實上，從剛才就一直在躲避。她應該移動，與追蹤彈互相配合，才能達到有效的攻擊才對。

然而，白女王卻留在原地。

不只如此，連空無們也完全沒有移動。追蹤彈自動避開了她們。

喀哩喀哩喀哩喀哩喀哩，喀哩喀哩喀哩喀哩！

嗚叫的子彈；原地不動的女王；留在原位的空無；殘留的軌跡。

「——既然如此，不好意思，我就現場實驗吧。」

本來在選擇不逃離這個王座室時，她們就是共犯。而自己是時崎狂三，無論是本體還是分身，都不會改變殘忍的本性。

「咦……！」

狂三一把抓住旁邊的一名空無。空空如也的少女目瞪口呆，似乎不了解自己將會受到何種對待。

「失禮了。請為了我，成為『盾牌』吧。」

她如此說完，毫不留情地將空無扔向子彈。追蹤彈無法回避，直接衝撞上空無。

「不好意思——」

被削掉了。中彈的瞬間，以彈痕為中心，空無宛如紙屑一分為二，撕裂粉碎。

看見這淒慘的死狀，瘋狂信奉白女王的空無們也倒抽了一口氣。

「……會削減……空間是嗎？」

狂三憤恨不平地咬牙切齒。白女王冷冷一笑，點頭答道：

「沒錯。正因為能咬碎空間，才稱為獅子。不過，它這個惱人的聲音，我也受不了就是了。話說，妳還有時間如此悠閒嗎？」

「還沒結束嗎……！」

喀哩喀哩喀哩喀哩／喀哩喀哩喀哩喀哩／喀哩喀哩喀哩喀哩喀哩喀哩喀哩喀哩！

咬碎空無的子彈飛出。狂三連忙躲避追蹤彈——再度傳來一道聲音。

「它的軌跡也很危險，『我』！」

聽見岩薔薇的提醒，狂三急忙閃避殘留在空間裡的白色軌跡。觸碰到軌跡的髮尾像是被剪刀剪斷似的被削掉。

「沒錯、沒錯。好了——像老鼠一樣四處竄逃吧，特別適合妳。」

「愚蠢，只會越逃越不利而已。那我只好這麼做了。〈刻刻帝〉……【七之彈】！」

喀哩喀哩喀哩喀——宛如施工現場的喧囂戛然而止。

自由自在胡亂啃食空間的獅子已經一動也不動。

「我看這枚【獅子之彈】——只能發射一枚吧。那麼只好像這樣讓它停止了。」

「妳看穿特質的能力真是令人佩服。不過，我也知道，【七之彈】的力量無法持續太久。時間馬上又要開始流動了吧？」

白女王判斷得不錯。

「是的、是的。妳說的一點都沒錯。所以——我要在時間開始流動前的短時間內解決妳！」

狂三說完的同時，岩薔薇立刻舉起長槍朝白女王射擊。

三成以上的空間早已被【獅子之彈】啃食乾淨，這樣下去只會被逼入絕境。

若要孤注一擲，只能趁現在。

「岩薔薇！不用考慮掩護我。為了防止她使用【天秤之彈】，把空無都解決掉！」

——要一決勝負了呢。

——是啊，全部豁出去了。

「……知道了！」

岩薔薇開始一個一個射擊飄浮在周圍的空無。面對這種情況，空無們也不得不移動，各自閃避或開始迎擊。

狂三朝自己射擊【一之彈】，再次加速。回避難以辨別的【獅子之彈】的軌跡，並且接近白女王。

白女王沒有迎擊，只是舉起軍刀。狂三將〈刻刻帝〉的長槍當作劍一樣使用，朝白女王的頭頂一揮而下。

敲打聲，頭部嘎吱作響。

狂三的表情失去沉著，白女王卻依然顯露自信的笑容。

這也難怪。無論是自己一個人的力量，還是能力深不可測這一點，都是如今的白女王強烈占上風。

接下來就是思考怎麼下棋將死對方了。不擇手段將白女王逼入死局。

首先，必須在【七之彈】解除前盡可能讓她受重傷……岩薔薇忙著狙擊空無，肯定無法抽空幫忙攻擊白女王。

手段有限。

而且給予對方的最後一擊一定不能失手，必須讓她受到直接的致命傷，否則凶多吉少。看似理所當然，但怎麼樣也無法保證能夠做到。搞不好——事情根本不會按照自己所想的發展。

狂三強忍著一切功虧一簣的恐懼，封鎖自己動不動就想逃的念頭。

她瞄準白女王的腳射擊——被躲開了。

代價是自己的手臂被砍飛——狂三毫不畏縮地向前踏進一步，使用頭槌。毫無優雅可言，宛如野蠻人的一擊，令白女王倒退了好幾步。

狂三用【四之彈】復原手臂。有機可乘。短槍與軍刀使出的高速槍擊與斬擊，女王以怒濤般

的氣勢試圖擊垮狂三。

零距離射程的射擊，反覆進行了十三次。有的命中，有的劃破皮膚，有的被躲開，結果如何都沒有意義，因為白女王的傷逐漸修復。

「——【水瓶之彈】。」

「再生能力……！」

與復原不同，而是自動再生，並且從剛才開始就一直不斷回復。

她的再生能力比想像中來得強。狂三掩飾內心的焦躁，再次挑戰近身戰。因為她別無他法，只能不斷挑戰。

用不著保持優雅也無所謂。

看起來狼狽也無所謂。不，就是要看起來狼狽才行。

那一擊必須讓她小看自己，才能獲得成果。

【七之彈】就快要解除了。第五次交鋒。狂三全身傷痕累累，沾滿鮮血，實在不像是剛才復原傷口的模樣。

女王笑道：

「果然不出我所料，妳的能耐就『到此為止』了。分身就是分身，不能像本體那樣用【八之彈】無限產生分身啊。頂多只能增加一個分身——就是那邊那個她，就已到達極限了吧？」

「……誰知道呢？最好不要擅自斷定吧。」

「我害怕的是本體所施展的那種惡夢。無窮無盡的時崎狂三，光想像就反胃。不過——一兩個分身還不足為懼。」

「所以妳之前是想確認這一點嗎？」

「沒錯。因為如果真是如此，即使打倒妳，下一個時崎狂三也會獲得〈刻刻帝〉再次復活吧？不過現在只要把〈刻刻帝〉從妳手上搶走，就能封印時崎狂三這個現象。」

白女王斜眼觀察了一下岩薔薇。她依然正與空無展開殊死戰，並沒有把槍朝向這裡的跡象。

不過——

一隻白皙的小手從岩薔薇的影子冒出，手上拿著老式手槍。白女王見狀嗤笑。

一口氣斬落發射出來的子彈。

從影子裡爬出來的是變成幼童模樣的狂三——七歲的狂三。

「喔喔，原來如此，妳就是時崎狂三的殺手鐧嗎？」

利用【八之彈】製造分身是有限度的。大概是因為不是本體，而是由分身製造出分身這種異常事態所致吧。

製造出岩薔薇與另一個幼小狂三已經竭盡全力。但是，狂三明白既然手上拿到的牌是這樣，那就只能以此一決勝負了。

有出其不意的攻擊，有可稱為卑鄙的手段，也有被認為殘酷的伎倆。
但是──絕對不能向反轉體屈服。不管失敗幾次都要重新站起，一定要打倒她才行。
並非只是因為她是強大的敵人……這種簡單的認知。
時崎狂三與白女王是宿命。
分身與本體，認知、感情與現在是能夠分開來的──不過，她們的根本可說是時崎狂三這一個「主義」。
這個「主義」吶喊著絕對不能輸。
逃跑也好，躲藏也罷，絕對不能對白女王俯首稱臣，跪拜在地。
小狂三發射的一枚子彈被擊落。但是相反的，那一瞬間，女王的注意力從原本的時崎狂三身上移開。
「──────【之彈】。」
狂三啟動〈刻刻帝〉。從錶盤吸起的影子流暢地裝填進老式手槍。
指向白女王的短槍在扣下扳機的一瞬間，充滿了殺意。
「！」
女王的反應十分迅速，花了零點幾秒便理解了狀況，立刻對殺意產生反應，快速擺動頭部。
子彈掠過她的腦袋，只讓她受到輕傷。時間沒有停止，也沒有減速。女王的氣勢沒有減弱，翻轉身體，揮舞軍刀。

時崎狂三的雙臂被斬斷。

「——妳沒戲唱了，時崎狂三。」

既然失去雙臂，不只【四之彈】，所有子彈都無法使用。

無庸置疑，勝負已分。

狂三快要頹倒在地時——女王一把抓住她的靈裝衣領，將她高高拎起。

「狂三！」

緋衣響與凱若特・亞・珠也從岩薔薇的影子中跳出。然而為時已晚。

白女王完全勝利。

接下來只要奪走〈刻刻帝〉，再次將她們囚禁起來。

「結束了，時崎狂三。機會難得，就讓快解除的【獅子之彈】再啃食掉妳的雙腳吧？」

「……這倒是……無所謂……最後……能告訴我……一件事嗎？」

失去雙臂，脖子被勒住的狂三一臉痛苦但強顏歡笑地說道。

「什麼事？」

「嗯，我很在意……根據我的推測，應該只有這裡有通往其他領域的入口，對吧？」

「啊啊，我明白了。妳是在尋找下一次的機會吧？也罷。如果下次也能逃脫，倒也挺有意思

的。」

白女王肯定狂三的推理。

「沒錯，這個王座室就是入口。為了侵蝕整個鄰界，蹂躪一切。只差一步了，時崎狂三。將軍。」

雪上加霜的是，【七之彈】解除了。【獅子之彈】立刻朝狂三奔去，宛如飢餓無比的野獸再次啃食空間。

發出喀哩喀哩的聲音，再次鎖定時崎狂三。

致她於死地——將軍。

看來，接下來不可能再上演反敗為勝的戲碼了。

白女王背對那道聲音，正想莞爾一笑時——皺起了臉孔。

時崎狂三發出嗤笑，笑聲尖銳吵鬧得讓人以為她是不是精神崩潰了。

「嘻嘻嘻嘻嘻嘻嘻嘻！啊啊，啊啊！可惜，真是太可惜了！只差兩步，就只差兩步！要是妳直接殺死我，就順利讓我們全軍覆沒了呢！」

「兩步？」

子彈發出喀哩喀哩聲在空中飛翔。

「西洋棋中沒有這條規則。雖然跟我的想像有一些差距，真要說的話，比較像『將棋』吧。

不過，這是戰爭——違反規則也是在所難免。」

白女王一臉納悶地皺起眉頭。

背後那微弱的殺意與能力，根本不構成威脅。緋衣響、凱若特・亞・珠也、小狂三還有岩薔薇，不管再採取什麼行動也是徒勞無功。

「——好了，白女王。我將軍了喲。」

就在白女王試圖解釋她這句話的瞬間，強烈的虛無感撞擊她的全身。

白女王的背後被【獅子之彈】啃食了。

從側腹部撕裂，整個空間都被吞噬了。

「妳——」

除了啞然無言，還能有什麼反應？白女王滿頭問號。

「——做了什麼？」

時崎狂三像妙妙貓一樣嗤笑著，宣告那枚子彈的名字。

那並非加速的【一之彈】，也不是減速的【二之彈】；不是倒流時光的【四之彈】，更不是能夠預見未來的【五之彈】和停止時間的【七之彈】。

「————【九之彈】。」

「什麼……」「咦……」

沒有聽說最後一招的岩薔薇和小狂三張口結舌，說不出話來。白女王回頭的那個時刻，是最大的難關。

只要那兩人表現出一點心有餘力的樣子，白女王勢必會立刻察覺到吧。正因為相信小狂三突擊白女王背後的那一擊是最後一招，兩人才會露出愕然的表情。

不過，從時崎狂三曾經和白女王交戰過一次的經驗來判斷，這一招行不通。

因此才安排了另一招，將白女王發射的【獅子之彈】當作棋子。

「那枚子彈並『不是』自動追蹤目標，而是妳自己操作的吧？」

狂三本來以為子彈是偵測熱源或靈力……這類的能量，但考慮到白女王的本性，便推翻了這個假設。

「妳不相信任何人，對吧？因為妳是女王。交由無空們來操作？不可能，絕對不可能。」

最有力的假設是她憑自己的意志來操控【獅子之彈】。而白女王站在原地沒有移動時，恰恰印證了這個假設。

與其說是精密地操作，更像是「追蹤符合條件的時崎狂三」這種籠統的概念——

總之，【獅子之彈】是以白女王的意志來操作的。既然如此——要覆蓋並介入白女王的意志

也並非絕對不可能。

所以才使用【九之彈】。本來這枚子彈的用途非常有限，是能與位於不同時間軸的人意識相連的子彈。不過，鄰界的「時間軸」本來有就跟沒有一樣。既然沒有嚴格規定的時間，狂三的【九之彈】就隨時能發揮效力。

白女王用自己的意志操作【獅子之彈】，卻不嚴密。因此狂三瞬間介入子彈中包含的白女王含糊的意志，進行覆蓋。

讓它鎖定白女王，而不是時崎狂三。當然，如果只是單純射擊【九之彈】，單純介入白女王的意識——會被對方抗拒。

不過，那一瞬間白女王的注意力並沒有集中在【獅子之彈】上。她品嚐到勝利滋味的同時，將注意力集中在與狂三的對話，又分心在意背後的岩薔薇等人。

那時她的心思便不會擺在駕馭子彈上。

只是漫不經心鬆懈地在操作，就像是沒有任何目的，心不在焉地用控制器操控角色一樣。

「不過，這是我的——〈狂狂帝〉耶。」

「妳是我們的反轉體，不是本體的反轉，而是分身的反轉。何況，妳還隨意改造了我們的〈刻刻帝〉，運用自如不是嗎？還想吸取我們的力量——所以我才認為有可能反其道而行。妳必須認知到這一點。」

白女王企圖濫用〈刻刻帝〉的力量而進行研究和分析，那麼她也應該預料到會被那股力量反過來咬一口。

因果報應，咎由自取。

無論白女王企圖達成的目的是什麼，剛剛都反被時崎狂三利用了。

這下子終於能夠殺死女王——————才怪。

「岩薔薇！」

「了解，『我』！」

最先採取行動的是岩薔薇，接著是小狂三用雙手拉著響和凱若特邁步奔跑。狂三利用最後剩下的武器——腳，用力把白女王踹飛。

岩薔薇立刻衝過白女王的身旁。

同時搶走她的軍刀。

岩薔薇早就知道這把刀就是開啟門的鑰匙。她推測雖然沒辦法完全活用它的能力——但應該可以開啟已經確定存在的門。

沒有時間猶豫。

只要能打開，管它是通往哪一領域的門。

「喝啊啊啊啊啊啊啊啊啊！」

岩薔薇像是要斬斷空間似的將軍刀一揮而下。

震天價響的聲音響徹整個第三領域。宛如某種東西被解除，齒輪與齒輪咬合轉動的聲音。

每眨一次眼，狀況就完全不同。豁出去一決勝負取得勝利的狂三無力地跪倒在地。

「門——」

響和凱若特啞然無言。小狂三毫不猶豫地用雙手將兩人扔出去。兩人同時發出尖叫，往門的方向飛去。由於凱若特事先把撲克牌纏繞在自己身上，能隱約聽見含糊的『太亂來了是也。』『請救救我吧～～』『我受不了嚕！』『當作是沒體驗過的事情便可！』這些聲音，但就現在的狀況來說根本無關緊要。

岩薔薇抱起昏倒的狂三，扔出軍刀。

小狂三接住軍刀，抱在懷裡。

「『我』！」

「ROOK！」

白女王高聲吶喊。ROOK站了起來，立刻開始行動。小狂三雙手緊握住軍刀，擋下她砍來的一擊。

「散開——發射！」

巨鐮分裂，化為無數箭矢——小狂三以身體將它們全部擋下。

沒有一絲躊躇。換作是時崎狂三和岩薔薇也會這麼做。而小狂三藉由【八之彈】誕生的那一瞬間起就決定為大局犧牲了。

「……請『我』一定要達成目的。我就在此告別了……請務必——」

為了與那個人相見，以及為了實現時崎狂三的目的。

為此而生，為此而死。

「如蜉蝣般生存，如蜉蝣般死去」。

時崎狂三絲毫不在意。

小狂三從以【八之彈】出生開始就決定這麼做了。遇到這種狀況時，要先保護狂三。即使小狂三無意義地喪命，下次便會換岩薔薇犧牲性命吧。因為無論呈現何種姿態，時崎狂三就是時崎狂三。

前進、前進，前往天涯海角——即使火焰點燃蠟燭羽翼，因熱融化也要不斷飛翔。

「等——」

ROOK伸出的手臂被快要消滅的小狂三阻擋，沒有搆到她們。

門關閉，小狂三也徹底消滅。就算用軍刀再次開啟，也會產生致命性的時間落差。白女王已經利用【水瓶之彈】開始高速自我修復，不過在這段期間，狂三一行人應該會想辦法逃脫吧。

「啊啊、啊啊，白女王……白女王……！」

空無們啜泣。這恐怕是女王第一次受如此重的傷，展現出如此淒慘的模樣。

即使再過十分鐘就能復原也一樣——

女王一邊療傷，表情沉穩地說：

「……空無、ROOK，立刻離開這個房間。」

好不容易存活下來的數名空無與ROOK面面相覷，行過一禮後離開。【獅子之彈】的軌跡已經消失，留下的只有〈狂狂帝〉軍刀與她手上緊握的短槍。

「————真是丟臉。」

白女王用力抓撓頭部，純白的靈裝逐漸染上鮮紅色。

「太荒唐，沒道理，真不愉快。怎麼能發生這種事，我不可能弄錯。【九之彈】竟然有那種用途，紀錄上根本沒有出現。沒有的東西也無從分析————啊唔！」

喀嘰喀嘰喀嘰喀嘰。白女王的體內有東西劇烈地動來動去。

「住……住手！我還能繼續下去！我還————唔，我了解了。如果妳願意給我時間分析情報，『我就隱藏體內』作為懲罰。」

那是讓白女王肉體受傷的代價。

反正現在的「她」不過是房客。儘管擁有再完美的能力，再怎麼以支配空間的巨大權限為傲，如果精神恍惚也只會感到彷徨罷了。

白女王討厭這樣。

倘若肉體是完美的，那麼人格也應該要完美，不允許挫折和憤怒。

與修復完畢的肉體一起站起來的第二女王像在確認什麼事情似的，用腳「咚、咚、咚」地敲打地板。

「喲喲喲，哎呀哎呀哎呀，在『那孩子』重振起來以前，由我來代替她嗎？嗯唔唔唔……也罷，反正船到橋頭直然直嘛。我也比較擅長攻其不備，結果——在『那個調查』結束之前，還是無法將鄰界毀得粉碎。」

優雅的笑容，婀娜的動作。

「話說回來，那孩子自卑感太重了。我們『千真萬確是本體』，根本用不著放在心上——」

假如把剛才的白女王比喻成嚴厲的將軍，那麼這位就宛如柔和的公主。

「——那麼，『各位』，一樣開始下棋吧。吩咐戰車、主教、騎士她們行動，夢想將來戴上王冠的那一天。啊啊，啊啊，啊啊，真是迫不及待了呢。」

典雅的笑容。

白女王為了給予被趕出房間的ROOK與空無甜美的夢想，緩慢地踏出腳步。

○尾聲

穿過門後，劇烈的飄浮感與加速充滿全身。受到壓迫而蠕動的內臟，令人想嘔吐的旋轉與速度。

單純地形容，就是不斷往下墜的感覺。

究竟要墜落到什麼時候——狂三被岩薔薇抱在懷裡，內心忐忑不安。

「好像快結束了。」

岩薔薇宛如看透她的內心般如此說道。

門是打開的。門外像是掉了底一樣，能看見藍天。空氣非常澄澈，宛如日本的夏季天空。

「抱緊了……！」

加速——加速——加速。迅速穿過門。咚——撼動全身般的衝擊。

門從天空朝地面敞開，直接繼續墜落。不過，這裡是鄰界，墜落並不會導致死亡。

岩薔薇將靈力集中在腳部，輕盈著地。

然後急忙舉起〈刻刻帝〉的短槍，指向狂三。

「動作快，『我』。」

「我知道，岩薔薇。〈刻刻帝〉——【四之彈】……！」

就在影子從錶盤裝填進手槍後，岩薔薇立刻扣下扳機。

在千鈞一髮之際，及時用〈刻刻帝〉復原。時崎狂三接上了雙臂，猛力站了起來——然後一陣頭暈目眩。

「啊啊，啊啊。振作一點，真是沒用呢。」

「……我用盡所有力量了，一點都不剩。」

豁出全力一決勝負——幾乎將在那個第三領域獲得的「時間」消耗殆盡。如果不這麼做，甚至無法對白女王報一箭之仇。

……雖然犧牲很大，但也有所獲得。

絕望與希望，抱著兩種完全相反的心情存活下來。

沒錯，最重要的是活著。搶先白女王一步，先發制人。

既然她沒有追上來，就當作是勝利了吧。

仰躺於大地的兩人看見的是無邊無際的蒼穹。要說唯一殺風景的，就是那扇感覺像是超現實主義繪畫會出現的空中的門。

怎麼想也不適合這美麗的光景。

「『我』。」

「好的，我們一起吧。」

狂三與岩薔薇猖狂一笑，將〈刻刻帝〉指向天空，朝那扇門扣下扳機。

槍聲響徹雲霄。

兩人的子彈筆直劃破天空——

就這樣，白女王的遺物被擊得粉碎。

「真是活該。」

「妳這樣很粗俗喔，『我』。」

哪句話是哪個人說的，只有天知道——

◇

——另一方面。

「我問妳們。」

充滿威嚇感的低沉聲音。裊裊上升的煙霧看起來像是從她嘴裡含著的香菸冒出的——其實是從她全身散發而出的熱氣。就像香菸掉落菸灰一樣，茶褐色的液體滴落在桌面上——嗯，是香菸巧克力。

而緋衣響與凱若特・亞・珠也被綑綁得嚴嚴實實。凱若特自然不用說，當然還包括她的四張撲克牌。

響用眼神與凱若特對話。雖然表達得不是很好，但畢竟是並肩作戰過的關係，多少能溝通。

（有辦法逃脫嗎？）

（沒辦法。感覺繩子很結實。）

（真沒用耶，妳不是支配者嗎？）

（我是專門搞奇襲的啦！）

雖然溝通是可以溝通，但有沒有用又另當別論了。

魔鬼中士（少女）狠狠瞪了兩人一眼。

響也就罷了，照理說比魔鬼中士（少女）地位還高的凱若特也被這一瞪嚇得直打哆嗦。

也說不上來，她就是有一種無法反抗的莫名魄力。

「妳們是敵是友？在這個第八領域，牆頭草可是不被信任的喔。要跟隨我們革命軍——還是跟隨那個舊時代的遺物絆王院？現在立刻決定！」

聽見這句話，響與凱若特發出驚覺不妙的嘆息。因為兩人蒐集情報的能力比其他準精靈還要厲害。

有個領域與第十領域並列為激戰區。那是為爭奪支配者寶座，幾乎旗鼓相當的兩大勢力相爭的領域。

據說那裡總是呈現一望無際的藍天，經常吹著清爽的風。

革命軍與絆王院——

時崎狂三與緋衣響等人被捲入爭奪第八領域的組織爭鬥中。

後～～記～～（悠哉的語氣）

每次都煩惱得快要昏過去的，就是這個後記。因為大部分的後記都是在寫完本篇故事，呈現虛脫狀態時接到「不好意思，麻煩您撰寫後記～～！」的通知。

當然，好比說第一集時因為有堆積如山的事情要寫，所以順利衝刺成功，但到了第三集，突然門檻變高了。沒錯，我就是在說這個第三集啦，第三集！但也不能不寫嘛，所以我決定來仔細敘述第三集的創作概念。

第三集的基本概念是童話世界&大逃脫，也可以說是愛麗絲夢遊仙境&逃離惡魔島。這種可怕的組合是怎樣？而這一集的重點在於與上一集終於登場的白女王對決，以及時崎狂三不得不面對的悲痛真相。

當然還留下了因為是○○，所以不是能使用〈○○〉嗎？這類的細節之謎，以及她到底是「誰」的謎題，可說是在《約戰赤》（這個簡稱語感不太好啊……）中，為時崎狂三的真正身分揭開了一大半的面紗。

不過，我越寫越覺得時崎狂三這個角色很奇妙。假如黑髮、態度穩重、身材好……是成為人氣角色的要素，那麼槍手……或許也是受歡迎的要素之一吧。左眼呈現錶盤的模樣……這樣眨眼不會覺得刺刺的嗎？還有笑聲不是「啊哈哈哈哈」或「喔呵呵呵呵」，而是「嘻嘻嘻嘻嘻」。可是正如各位所知，許多讀者對《約會大作戰DATE A LIVE》裡的時崎狂三印象都是「可愛」吧。

是的，沒錯。不管這個角色多麼殘酷、冷酷，做了多少反派作為，給人的印象都是「可愛」和「帥氣」。我東出認為這都是多虧橘老師在《約會大作戰DATE A LIVE》中不斷累積時崎狂三的魅力所致。

說到底，我認為這一部作品的重點就在於能將她的魅力表現、發揮到什麼程度……不過，萬萬沒想到……這次竟然會變成小女孩……

然而，變成小女孩的狂三（NOCO老師的力作，真是太危險了）真的很可愛耶。也難怪響會做出類似犯罪行為的舉動。在本作中，除了變成七歲，還有十歲、十一歲，甚至是○○歲等各種年齡，敬請期待！

好了，為了避免不小心爆太多雷，《約戰赤》就先說到這裡。一個月前發售的《約會大作戰DATE A LIVE》本篇，故事發展終於急轉直下，來到接近高潮的地方。

士道一行人一路被逼到絕境，事態究竟會如何發展！結果就是那句話，回到標題，回歸原點——在輕小說或長篇漫畫中「抵達不同於最初的場所」是常用的手法，確實「回到最初」真的不簡單！

太厲害了，太精彩了！我一邊這麼想，同時也會努力讓本作《約會大作戰DATE A BULLET赤黑新章》繼承本篇的精彩。

那麼，最後一如往常地來問候&向各方人士道歉。責編、橘公司老師，以及負責插畫的NOCO老師，真的非常感謝你們。

尤其是橘老師，明明本篇故事正是即將迎來高潮的時候，還跟我討論了許多細節，真是感激不盡……！

《約會大作戰DATE A LIVE》也發表了新一季的動畫，我想您肯定會越來越忙，不過有空還是再一起吃頓飯吧！（私下聯絡）

另外，各位讀者，春天到了，請注意不要因為花粉症引起鼻塞而下意識用嘴巴呼吸，結果一覺醒來喉嚨狀態變差……！本人在睡覺時用點鼻藥、擴鼻貼和防打呼牙套，準備萬全來迎接挑戰，缺點是很礙事……睡覺時……超級礙事……！

東出　祐一郎

Kadokawa Light Novels

約會大作戰DATE A LIVE 安可短篇集 1~6 待續

Kadokawa Fantastic Novels

作者：橘公司　插畫：つなこ

約會忙翻天！士道迎接最大試煉！
這次將展開恢復安穩日常大作戰！

新年參拜結束，五河家展開一場自製雙六桌遊對決。破關超高難度美少女遊戲；挑戰動畫配音；擊退在網路遊戲猖獗的惡劣玩家殺手；迎接最大試煉——士道決定剪掉六喰的頭髮，卻因某件意外而剪太短？必須趁六喰還沒發現，展開恢復安穩日常大作戰！

各 **NT$200~250/HK$60~75**

台灣角川

Kadokawa Light Novels

約會大作戰 1~17 待續

Kadokawa Fantastic Novels

作者：橘公司　插畫：つなこ

DEM開始出動所有戰力追殺士道！
「〈妮貝可〉，我跟妳戰爭的時間到了。」

時崎狂三不斷重返時光，不惜犧牲自己也要讓五河士道脫離死亡命運。士道為了避免最壞的未來，以及拯救獨自背負世界命運的狂三，將真相告訴了其他精靈。同時，威斯考特集結了DEM所有戰力，出動追殺士道，目標士道卻出現在最前線！

台灣角川

各 **NT$200~240/HK$55~75**

Kadokawa Light Novels

為了拯救世界的那一天 -Qualidea Code- 1~2（完）

Kadokawa Fantastic Novels

作者：橘公司（Speakeasy） 插畫：はいむらきよたか

紫乃宮晶成了四天王之一，
反而讓他遭舞姬等人跟蹤？

紫乃的暗殺目標——天河舞姬突然造訪，還說想住在他的房間？神奈川有個傳統的「驚醒整人活動」，照慣例必須對新加入四天王的學生實施？因此，成為四天王之一的紫乃反而遭舞姬等人跟蹤？驚人的事實即將揭露——「紫乃……原來是女生喔？」

各 **NT$220/HK$68**

台灣角川

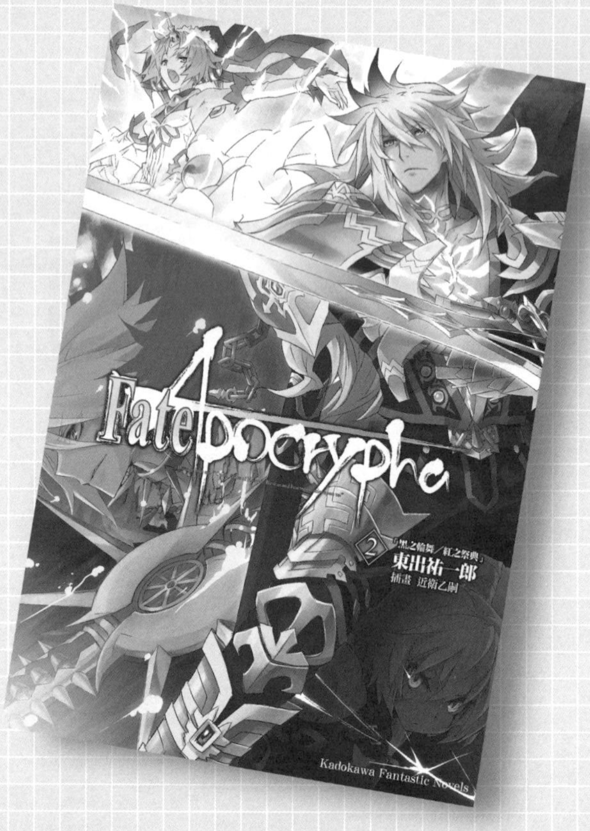

Fate/Apocrypha 1~2 待續

Kadokawa Fantastic Novels

作者：東出祐一郎　插畫：近衛乙嗣

「黑」與「紅」展開慘烈的戰爭，
裁決者貞德也為了某個目的馳騁於沙場！

黑方劍兵消失的打擊還未恢復，千界樹陣營就要進入下一階段作戰。「紅」陣營利用刺客的驚天動地寶具「虛榮的空中花園」，自空中發動奇襲。言峰四郎不僅指揮弓兵、槍兵、騎兵、術士，甚至親自上戰場。而在命運層疊之下，「屠龍者」回歸戰場。

各 **NT$250~300/HK$75~90**

關於我轉生變成史萊姆這檔事 1~11 待續

Kadokawa Fantastic Novels

作者：伏瀨　插畫：みっつばー

勇者即將覺醒，命運的齒輪將開始轉動……
超人氣魔物轉生記，高潮迭起的第十一集開幕！

與瑪莉安貝爾的戰鬥結束後，為了舉辦和魔王魯米納斯約定好的音樂會，利姆路等人造訪了神聖法皇國魯貝利歐斯。音樂會的準備相當順利——然而背地裡，卻有人策劃著會把利姆路——甚至魯米納斯也捲入的狡詐陰謀。音樂會究竟能否平安舉行呢？

各 **NT$250~320/HK$75~98**

幻獸調查員 1 待續

Kadokawa Fantastic Novels

作者：綾里惠史　插畫：lack

少女懷著「人類與幻獸共存」的夢想，
與蝙蝠、兔頭紳士一起展開旅程——

　　襲擊村莊卻不取人性命的飛龍用意為何？老人莫名陷入的貓妖精的審判將如何收場？村莊中獵捕少女的野獸又是何種怪物？擁有獨特的生態與超自然力量的生物——幻獸。國家設立了負責調查幻獸，有時予以驅除的專家機構。這是殘酷又溫柔的幻想幻獸故事。

NT$200/HK$60

交叉連結 1 待續

Kadokawa Fantastic Novels

作者：久追遥希　插畫：konomi（きのこのみ）

從「交換身體」起步的超正統遊戲小說——
第13屆MF文庫J新人賞佳作！

曾通關「傳說中的地下遊戲」的少年垂水夕凪，被迫參加「一百名玩家獵殺『公主』」的地下遊戲——並與「公主」電腦神姬春風互換了身體。夕凪得知「公主」死亡等同於春風死亡後，為顛覆「已注定的敗北」，他決定挑戰不得犯下任何失誤的極致通關法！

國家圖書館出版品預行編目資料

約會大作戰DATE A BULLET赤黑新章 / 東出祐一郎作 ; Q太郎譯. -- 初版. -- 臺北市 : 臺灣角川, 2018.07-
　冊； 公分
譯自：デート・ア・バレット：デート・ア・ライブ　フラグメント
ISBN 978-957-564-304-1(第2冊：平裝). --
ISBN 978-957-564-693-6(第3冊：平裝)

861.57　　107007898

Kadokawa
Fantastic
Novels

約會大作戰DATE A BULLET 赤黑新章 3

（原著名：デート・ア・ライブ フラグメント　デート・ア・バレット 3）

2019年1月19日　初版第1刷發行
2020年9月15日　初版第3刷發行

作　者：東出祐一郎
原案·監修：橘公司
插　畫：NOCO
譯　者：Q太郎

發行人：岩崎剛人
總編輯：蔡佩芬
編　輯：孫千棻
美術設計：吳佳昫
印　務：李明修（主任）、張加恩（主任）、張凱棋

發行所：台灣角川股份有限公司
地　址：105台北市光復北路11巷44號5樓
電　話：（02）2747-2433
傳　真：（02）2747-2558
網　址：http://www.kadokawa.com.tw
劃撥帳戶：台灣角川股份有限公司
劃撥帳號：19487412
法律顧問：有澤法律事務所
製　版：巨茂科技印刷有限公司
ISBN：978-957-564-693-6